나비가 된 불꽃

나비가 된 불꽃

초판 1쇄 발행 | 2023년 11월 13일
초판 3쇄 발행 | 2023년 12월 27일

기획 | 사단법인 전태일의 친구들
지은이 | 권선희 외 31명
펴낸이 | 황규관

펴낸곳 | (주)삶창
출판등록 | 2010년 11월 30일 제2010-000168호
주소 | 04149 서울시 마포구 대흥로 84-6, 302호
전화 | 02-848-3097
팩스 | 02-848-3094

ⓒ권선희 외 31명 , 2023
ISBN 978-89-6655-169-9 03810

나비가 된 불꽃

전태일이라는

시

권선희
외
31명

삶창

나비가 된 불꽃   차
례

이
성
혁
문
학
평
론
가

1

전태일과 관련하여 개인적인 이야기를 먼저 하고 싶다. 내게
세상의 실상에 대한 인식을 심어준 첫 책이 『어느 청년 노동
자의 삶과 죽음―전태일 평전』(이하 '평전')이다. 고등학교 3학
년 때였을 것이다. 학력고사가 끝나고 무료하던 참에 대학생
이었던 누나의 책장에서 꺼낸 책이 이 책이었다. 집과 학교라
는 울타리 속에서 소위 실존적인 고민은 있었지만 당시까진
먹고 사는 걱정은 해본 적 없던 내게 전태일의 삶은 충격으로
다가왔다. 『평전』은, 극한의 적빈을 견뎌야 했던 빈민들, 하루
15~16시간 노동해야 했던 노동자들, 그들의 노동으로 부를

쌓는 사업가들과 사업가들의 착취를 눈감는 정부 기관들까지의 실상을 그야말로 생생하게 보여주는 책이었다. 그리고 이러한 죽음의 체제에 대항해 자신을 불사른 한 청년이 존재했었다는 것도 처음 알게 되었다. 그 청년은, 나로서는 불가사의한 사람이면서 가슴을 뜨겁게 한 사람이었다.

물론 나는 전태일에게 거리감을 느꼈다. 나는 전태일이 공장에서 노동해야 했던 나이에 그가 그토록 원했던 학교를 지겨워하며 다니던 학생이었다. 나는 전태일처럼 극빈을 겪지도 않았고, 하루 온종일 노동하며 온갖 질병에 시달려야 하는 어린 여공들과 함께 노동하지도 않았다. 이런 내가, 현실을 바꾸기 위해 노동현장에 가서 운동에 뛰어들지도 않을 거면서, 전태일의 삶과 죽음에서 감명받았다고 말하고 다니는 것은 위선 또는 자기기만 같았다. 그와 함께 어떤 부끄러움이 마음을 짓눌렀다. 그래서 대학에 들어가서도 『평전』을 감명 깊게 읽었다는 말을 친우들에게도 거의 하지 않았다. 그 책이 나의 세계관을 형성하는 한 지류가 되었다는 이야기도 거의 입 밖에 내지 않았다. 그 책을 나의 생각을 형성한 어떤 교양서적 정도로 취급해 말한다는 것은 뭔가 죄스러운 느낌이 들었기 때문이다. 또한 전태일을 입에 올리게 되면, 그 뒤엔 항상 부끄러움에 사로잡혀 후회하게 되기 때문이기도 했다. 사실, 문학평론가가 된 후 노동시에 대한 글을 쓸 때도, 마르크스에 대해서는 운운해도 '전태일의 정신'을 글에 올린 적은 거의 없었다. '전태일의 정신'은 노동자만이 말할 수 있다는 생각 때문이었다.

하지만 마음 한편에서는, '그렇다고 전태일의 삶을 외면해 버리는 것이 소시민으로서의 자신에게 정직한 일인 걸까?'라는 생각도 들었다. '그것이야말로 기만 아닐까?'라는 생각. 내가 전태일처럼 '완전에 가까운 결단'을 감히 할 수 없고, 예나 지금이나 소시민의 삶을 살고 있다고 하더라도, 지금 이 사회의 '실재'를 외면하고 전태일의 '삶과 죽음'을 망각하거나 무시하는 것이야말로 자기기만 아니겠는가. 이런 생각을 견지해 왔기 때문에 전태일은 내 마음속에서 지금까지 사라지지 않을 수 있었다. 솔직히 그를 잊고 있을 때가 많지만, 노동자가 죽거나 탄압받는 등의 사건과 마주칠 때에는, 내 마음속에서 전태일이 "내 죽음을 헛되이 하지 말라!"라고 외치는 것이다. 그 외침을 마음이 듣는다고 하더라도 무언가 뾰족한 행위를 하거나 생활을 바꾸거나 하지는 않았지만, 적어도 그 외침은 내 얄팍한 양심이 완전히 무너지지 않도록 마음 밑에 어떤 지반을 만들어주었던 것이다. 그리고 그 외침이 마음속에서 완전히 사라지지 않았기에, 『평전』을 읽으면서 마련되기 시작한 세상에 대한 시각이 지금도 기본적으로는 바뀌지 않을 수 있었다.

우습게 들릴 수도 있지만, 나의 경우에서 전태일의 위대성이 다시 증명된 것은 아닐까? 그가 어떤 한 소시민의 마음 깊숙한 곳에 들어와 그 사람을 형성하는 데 영향을 끼쳤다는 점에서 말이다. 노동자들의 경우는 어떨까. 전태일은 그들에게 마음속 존재라기보다는 자신의 살과 피와 같은 존재가 되었을 것이다. 예수의 살과 피처럼. 전태일은 십자가를 대신 짊어진 한국 노동자의 성자와 같은 이이므로. 이 말은 전태일을 종교적 대상으로 신격화하려는 말은 아니다. 전태일의 '완전에 가까운 결단'은 노동자들의 삶에 그만큼 심오한 영향을 주었다는 말을 하고 싶어서다. 자본과 국가 권력에 의해 한갓 소모품으로 취급되었던 노동자 역시 삶다운 삶을 살아갈 주체임을 전태일은 죽음으로 증명했다. 그 죽음을 통해 노동자들은 자신들 역시 정치 권력자들 및 부자들과 마찬가지로 평등한 인격체이며 자신의 삶을 스스로 결정하는 자유를 가지고 있는 주체라는 사실을 뼈저리게 알 수 있었다.

전태일의 죽음은 자살이라기보다는 자신을 희생함으로써 타인의 삶을 살리기 위한 사랑의 행위다. 그래서 그의 죽음을 헛되이 않는 길은 삶다운 삶을 살아가는 길이다. 그리고 그러한 삶은, 삶을 노예화하는 세상의 권력에 굴복하지 않는 투쟁의 삶, 자유의 삶이다. 그렇기에 전태일은 노동자만의 성자가 아니라 우리 모두의 성자가 될 수 있는 것이기도 하다. 왜냐하면 우리 모두 세상의 권력에 예속된 삶을 강요받고 있으므로. 권력자마저도 말이다. 하여, 그의 삶과 죽음은 어쩌면 온 인류의 차원에서 자유로운 삶의 길을 여는 보편성을 지니고 있다고 말할 수 있을지 모른다.

2

이 글을 쓰기 전에 『평전』과 『전태일 전집』(이하 '전집')을 다시 읽었다. 이번에 읽으면서 전태일의 죽음도 죽음이지만 그가 살아가야 했던 기막힌 삶에도 주목하게 되었다. 아버지의 폭력을 피한 가출과 식모살이를 하기 위해 집을 나간 어머니를 찾기 위한 가출을 포함한 세 번의 가출. 이 소년 시기의 서술은 『평전』보다 전태일이 직접 쓴 소설 형식의 수기가 더 생생하다. 『전집』의 주석에 따르면 이 수기는 바보회의 활동이 정지되고 회사로부터도 해고당한 상황에 놓인 1969년 가을, 그러니까 분신 1년 전에 전태일이 쓴 것이라고 한다. 물론 『평전』을 통해서야 전태일의 삶을 전체적으로 알 수 있지만, 『전집』에 실린 전태일의 수기나 일기, 단상은 그의 생각과 필치를 더 가깝게 마주할 수 있다는 장점이 있다.

그런데 수기를 보면서 느낀 점은 전태일이 글을 정말 잘 쓴다는 것이었다. 놀랍게도 학교 교육을 거의 받지 못한 그는 상당한 수준의 문학적 문체를 구사하고 있었다. 특히 수기의 서술은 소설의 장면처럼 생생한 현장감이 있었다. 또한 묘사도 시적이었다. 가령, 아버지의 폭력을 피해 동생을 데리고 서울로 가출했지만, 먹을 것과 잘 곳을 찾지 못해 배회하다가 집에 가자고 칭얼대는 동생의 모습을 안타깝게 바라보는 장면을 전태일은 다음과 같이 쓰고 있다.

동생의 눈엔 눈물이 글썽이고 목소리는 한층 더 힘이 없었다. 동생의 힘없는 목소리는 남은 신문을 팔 의욕을 상실케 하고 물밀듯 밀려 나오는 여행객을 부러운 듯이 쳐다보게 했다. 얼마를 정신을 놓고 쳐다보던 중 하늘엔 한 송이 두 송이 함박눈이 내리고 있었다. (중략) 차가운 외로움을 더 많이 맛보라는 듯이 조금씩 내리던 함박눈은 얼어붙은 대지를 남김없이 삼킬 기세로 펑펑 쏟아지는 것이다. (『전집』, 56쪽. 이하 인용문은 현 맞춤법에 맞추어 일부 수정함.)

함박눈이 내리는 거리에서 절박한 상황에 놓인 소년의 고통스러운 마음이 적절한 수사를 통해 생생하게 묘사되고 있는 구절이다. 전태일은 자신이 만든 〈평화시장 근로조건 실태조사 설문지〉의 취미 문항에 독서라고 적었다고 한다. 그는 공부하기를 좋아했고 그가 다닐 수 있었던 청옥고등공민학교를 계속 다니고 싶어했다. 하지만 공부는 무슨 공부냐는 아버지의 반대로 학교를 더 이상 다닐 수 없었다. 이에 그는 남동생을 데리고 두 번째 가출을 감행했던 것이었다. 여하튼 그는 공장에 다니면서도 틈만 나면 문학 서적을 읽었다고 한다. 1967년 2월과 3월에 집중적으로 쓴 일기에서, 그는 하숙집 주인아주머니 여동생에게 연정을 품게 된 마음의 방황을 기록하면서 상당수의 시편들도 옮겨 적고 있다. 주로 김소월의 시다. 한 연상의 여인에 대한 이 사랑의 시심詩心은 평화시장의 어린 노동자들에 대한 사랑의 바탕이 되었을 것이다.

1969년 말에 쓴 일기에는 『젊은 베르테르의 슬픔』과 『비곗덩어리』의 부분을 인용하고 있고 『베니스의 상인』과 『부활』도 언급된다. 특히 『비곗덩어리』의 "프러시아 군대 병사가 자기들의 점령 지역 안에 혼자 사는 노파의 밀린 빨래를 빨아"주는 장면에서 "아름다움의 극치를 보았"(『전집』, 131쪽)다고 말하고 있기도 하다. 당시 바보회 활동이 잠시 소강상태에 놓이고 그는 공장에서 해고된 상태였기에, 그는 소설을 읽을 시간을 낼 수 있었을 것이다. 그리고 이 독서를 바탕으로 그는 직접 소설을 쓸 계획까지 세웠으리라 짐작된다. 그는 자전적 경험을 바탕으로, 세 개의 소설 초안을 각각 1969년 11월, 1970년 초, 1970년 4월에 썼다. 그리고 이 시기에 위에서 인용한 소설적 형식의 자전적 수기도 썼던 것이다. 당시의 그는 소설을 통해 세상의 아름다움을 생각하며 자신의 삶을 돌아다보았고, 세상의 실상과 그 세상 속에서 어떻게 살아야 할지 삶의 진로와 의미를 찾았다.

세 번째 소설 초안은 주인공 J가 죽는 것으로 구상된다. J는 전태일 자신의 분신일 것이다. 그래서 우리는 소설 초안에 적어둔 J의 유서를 분신한 전태일의 유서라고 읽게 되는 것이다(이 유서는 『전태일 평전』의 마지막 부분에 "우리 모두에게 남긴 유서"라며 전문 소개되어 있다).

사랑하는 친우여, 받아 읽어 주게.

친우여 나를 아는 모든 나여.

부탁이 있네. 나를, 지금 이 순간의 나를 영원히 잊지 말아 주게.

그리고 바라네. 그대들 소중한 추억의 서재에 간직하여 주게.

뇌성번개가 이 작은 육신을 태우고 꺾어버린다 해도, 하늘이 나에

게만 꺼져 내려온다 해도 그대 소중한 추억에 간직된 나는 조금도

두렵지 않을 걸세. 그리고 만약 또 두려움이 남는다면 나는 나를 아

주 영원히 버릴 걸세, 그대들이 아는 그대 영역의 일부인 나. 그대들

의 앉은 좌석에 보이지 않게 참석해서 미안하네, 용서하게.

테이블 중간에 나의 좌석을 마련하여 주게. 원섭이와 재철이 중간

이면 더욱 좋겠네.

좌석을 마련했으면 내 말을 들어 주게, 그대들이 아는 그대들의 전

체의 일부인 나, 힘에 겨워 힘에 겨워 굴리다 다 못 굴린, 그리고 또

굴려야 할 덩이를 나의 나인 그대들에게 맡긴 채 잠시 다니러 간다

네. 잠시 쉬러 간다네.

어쩌면 반지의 무게와 총칼의 질타에 구애되지 않을지도 모르는, 않

기를 바라는 이 순간 이후의 세계에서 내 생에 못 다 굴린 덩이를, 덩

이를 목적지까지 굴리려 하네. 이 순간 이후의 세계에서 또 다시 추

방당한다 하더라도

굴리는데, 굴리는데 도울 수만 있다면, 이룰 수만 있다면. (『전집』,

152쪽)

이 부분의 원형은 1969년 후반에 쓴 일기에서 볼 수 있다.

13

옮겨본다.

친구여 나를 아는 모든 나여. 부탁이 있네. 나를 지금 이 순간의 나를, 영원히 기억해주기 바라네. 그러면 뇌성번개가 천지를 무너뜨려도 하늘이 바닥에 빠져도 나는 두렵지 않을 걸세. 그 순간 무엇이 두려워야 된단 말인가. 두려워서야 될 말인가. 도리어 평온해야 될 걸세. 조금이라도 두려움을 가진다면 나는 나를 버릴 걸세. 완전한 형태의 안정을 요구하네. 순간, 그 순간만이 중요한 거야. 그 순간이 지나면 그 후론 거짓이 존재하지 않네. 그 후론 아주 안전한 완성된 白일세. 그 순간은 영원토록 존재하는 거니까. 전후는 염려 없네. 그리고 그 순간은 향기를 말하는 백합의 오후였다고 이야기를 나누게. 그리고 내 자리는 항상 마련하여 주게. 부탁일세. 테이블 중간이면 더욱 만족하겠네. 그럼 이만 작별을 고하네. 안녕하게. 아 너는 나의 나다. 친구여 만족하네. 안녕. (『전집』, 126쪽)

위의 단상 앞에는 괴테의 『젊은 베르테르의 슬픔』의 일절이 인용된 단상이 적혀 있다는 점이 눈에 띈다. 베르테르의 유서에 자극받아 위의 유서를 쓴 것은 아닐까 생각하게 하지만 유서라고는 확신할 수는 없다. 뒤에 쓴 소설 초안의 유서가 위의 단상을 변형시켰다는 점에서 유서라고 짐작할 뿐이다. 그런데 위의 단상은 주로 '나'에 집중되어 서술되어 있다. 그리고 전태일은 마지막 부분의 "너는 나의 나다"라는 문장에서,

'나'의 작별을 통해 '너'가 '나'의 일부임을 깨닫는다. 반면 소설 초안의 유서는, '내'가 "그대들의 전체"이자 그대들은 "나의 나"라고 이미 전제한 후, 나의 삶을 "목적지까지 굴리려" 한다는 의지에 방점이 찍혀 있다. 위의 단상이 실존적인 문제를 중심으로 서술되어 있다면 소설 초안은 "총칼의 질타에 구애되지 않"는 세계를 향한 '목적'을 중심으로 서술된다.

이를 통해 본다면, 전태일은 문학 작품을 통해 실존적인 앓음을 거친 후에, 그 앓음을 사회적인 주제를 가진 소설 속에 녹여놓고자 했다고 하겠다. 그리고 소설 속 주인공의 죽음을 그 스스로 현실에서 실행했던 것이다. 다시 말하자면, 문학을 통한 실존적인 것의 발견과 (그가 경험한) 냉혹한 한국 사회의 절절한 경험을 문학 창작을 통해 결합시키고자 한 전태일은, 어떻게 보면 그 결합을 현실화하고자 '완전에 가까운 결단'을 하게 되었다고 할 수도 있는 것이다.

3

그래서 전태일의 길은 문학의 길이라고 할 수 있다('전태일 문학상'은 뜬금없이 제정된 것은 아니다). 물론 모든 문학의 길이 전태일의 길은 아니다. 전태일의 길이 문학을 읽거나 써야 가능하다는 것도 아니다. 여하튼 전태일의 길이 가진 고유성은 문학을 통해 자신만의 삶을 열어놓으면서 결단으로 나아갔다는 데 있다고 본다. 그는 김소월의 시를 읽으며 사랑의 감정을 보편화하려고 했다. 또한 소설적 사유 방식을 통해 어떤 상황의 고통 또는 아름다움에 대한 섬세한 인식과 실존적 고뇌를 심화했다. 그의 극한적인 경험—빈곤과 폭력—만이 아니라 자신의 경험들을 의미화하고 심화하며, 승화시키는 문학이 전태일이란 주체를 성장시켰다. 그리고 문학적 사유를 통해 이 세상에서 자신의 길이 도달하는 곳이 어디여야 하는지 발견했다. 전태일의 길을 따라 문학의 길을 걷는다는 것은 전태일처럼 문학과 삶을 결합한 길을 걷는다는 것이다.

"인생은 연극이다"(『전집』, 124쪽)라고 그가 쓴 문장은 인생이 허위라는 의미를 뜻하진 않는다. 물론 그 문장은 인생은 남 앞에서 연기를 하면서 산다는 의미를 갖는다. 그 문장 뒤에 슬픈 연기보다는 "양심에 가책을 받지 않는 대중을 위한 기쁜 연기를 하자"는 문장을 그가 쓰고 있는 것을 보면 말이다. 하지만 연극이 문학을 통해 창작된 삶을 지금 여기 극장에서 그려내는 것이라면, 즉 문학의 현실화라고 한다면, 그 문장을 '인생은 문학의 현실화'라고 고쳐 쓸 수도 있다. 그런데 여기서 주의해야 할 점은 이때의 문학은 또한 삶으로부터 나온 것으로 한정시켜야 한다는 것이다. 그 문학이 미적 인공물로서의 문학, 즉 현실과 단절된 미美의 세계로서의 문학이라고 한다면, '인생은 문학의 현실화'는 유미주의적인 삶을 의미하게 될 것이니 말이다. 물론 문학과 현실을 동일시할 수는 없는 것이다.

문학은 현실의 개별적 삶을 보편화하여 드러내며, 이를 위해 허구의 창조가 동원된다. 문학은 주어진 현실로부터 보편화와 허구의 창조를 통해 만들어지는, 그럼으로써 현실에 덧붙여지는 과잉의 무엇이다. 과잉 현실로서의 문학. 그런데 문학의 보편화를 일반화와 혼동하면 안 된다. 문학의 보편화는 차이의 생성을 통해 이루어지는 것이다. 문학의 보편화는 보편화의 확장이다. 문학이 개별적 현실로부터 보편적인 것을 만들어낼 때 그 보편적인 것은 기성의 현실의 공통분모와 같은 것으로 환원될 수 없다. 그것은 현실을 바탕으로 탄생한 또 다른 현실의 창출이다. 우리가 문학을 읽을 때 삶에 대한 새롭고 확장된 인식, 나아가 심화된 인식을 얻게 되는 동시에, 다른 사람들과 같은 세상에 함께 있다는 뿌듯함을 느끼게 되는 것은 문학의 보편성이 가진 특성, 문학은 차이를 생성시키면서 확장된 보편성을 창출한다는 특성 때문이다. 전태일이 문학 작품을 읽고 또한 창작을 기획하면서 배우고 느낀 것은 세계에 대한 확장된 인식과 자신의 경험에 대한 심화된 인식, 그리고 이를 통해 "너는 나의 나"이며 '나'는 "그대들의 전체"라는 보편성의 확장이다. 그 보편성은 만인의 심화된 실존성이 형성하는 차이를 통해 확장되고 풍부해지는 '전체'인 것이다.

전태일은 이렇게 개별적인 삶으로부터 솟아나와 보편성을 획득하는 문학의 힘에 이끌렸다. 그 역시 그러한 문학을 직접

창작하고자 구상했고, 나아가 그가 구상한 문학을 현실화했다. 그 현실화는 죽음이었고 죽음까지 무릅쓴 사랑을 보편화하는 것이었다. 그래서 그 죽음은 '문학적 죽음'이라 하겠다. 그런데 전태일의 죽음이 지닌 보편성이 타인을 위해 죽음에 이르기까지 자신을 희생하자는 의미가 아님을 다시 한번 강조해야 한다. 그 희생은 자신의 희생으로 그쳐야 한다는 것이 전태일의 뜻이었다. 그렇지 않다면 그의 희생은 덧없는 것이 되리라. 그가 죽음으로써 살리려 했던 사람들이 죽게 되는 것이므로. 그러면 전태일의 죽음을 무엇이라고 말할 수 있는가? 그 문학적 죽음은 무엇이라고 정의내리거나 정리할 수 없다. 문학 작품이 그러하듯이 말이다. 사람들이 문학 작품을 읽고 자기화하듯이 전태일의 죽음도 사람들 각자가 자기화하여 받아들일 수밖에 없다. 하지만 그 문학적 죽음이 전달하는 주제는 범박하게나마 말할 수 있기는 하다. 그가 마지막으로 남긴 시를 보면 말이다.

4

1970년 8월 9일 일기에 전태일이 남긴 '결단서'는, 그가 시를 쓴다고 생각하고 쓴 것은 아닐 테지만 우리에게는 한 편의 시로 읽힌다.

이 결단을 두고 얼마나 오랜 시간을 망설이고 괴로워했던가? 지금 이 시각 완전에 가까운 결단을 내렸다.

나는 돌아가야 한다.

꼭 돌아가야 한다.

불쌍한 내 형제의 곁으로, 내 마음의 고향으로, 내 이상(理想)의 전부인 평화시장의 어린 동심 곁으로. 생(生)을 두고 맹세한 내가, 그 많은 시간과 공상 속에서, 내가 돌보지 않으면 아니 될 나약한 생명체들.

나를 버리고, 나를 죽이고 가마. 조금만 참고 견디어라. 너희들의 곁을 떠나지 않기 위하여 나약한 나를 바치마. 너희들은 내 마음의 고향이로다.

(중략)

오늘은 토요일. 8월 둘째 토요일. 내 마음에 결단을 내린 이 날. 무고한 생명체들이 시들고 있는 이때에 한 방울의 이슬이 되기 위하여 발버둥 치오니, 하느님, 궁휼과 자비를 베풀어 주시옵소서. (『전집』, 172~173쪽)

'시적인 것'을 주어진 현실을 뚫고 솟아나는 주체성의 표현이라고 한다면, 위의 단상은 '시적인 것'으로 충만해 있다. 게다가 위의 단상에서 시적인 것이 말의 리드미컬한 배치를 통해 드라마틱하게 표출되고 있기 때문에(그래서 『평전』은 이 단상을

19

시처럼 행을 나누어 실을 수 있었다), 또한 그럼으로써 글의 보편적인 것으로의 확장이 이루어지기 때문에 위의 단상은 한 편의 시로 읽힐 수 있는 것이다. 하여 위의 단상을 시로 읽는다면, 전태일은 "나를 버리고, 나를 죽이고 가"라는 결단을 시 쓰기와 함께 하고 있다고 말할 수 있으리라. 이 결단은 시적인 것 자체이기 때문일 것이다. 시로 표현될 수밖에 없는 결단. 그 결단이란 "내 마음의 고향으로" 돌아가는 것이다. 그래서 고향에 있는 "너희들의 곁을 떠나지 않"는 것이다. 그런데 고향으로 돌아가는 길은 나를 죽이는 길일 수밖에 없다. 그래서 귀향의 결심은 그야말로 어렵게 내리는 결단이 될 수밖에 없다.

전태일의 고향은 어디인가. "불쌍한 내 형제"들, "평화시장의 어린 동심"이 있는 곳이다. 그 형제들은 "나약한 생명체들"이다. 영웅주의인가? 선지자 의식? 하지만 전태일은 "나약한 나"라고 말하고 있다. 나약한 나의 고향은 나약한 생명체들이 있는 곳이다. 모두 나약한 이들. 이 나약한 이들을 외면할 때 고향으로부터 떠나 있는 것이다. 고향에서 떠난 사람은 외롭다. 외로움을 극복하기 위해서라도 고향의 바다로 돌아가야 한다. 그런데 그 돌아가는 길을 가기 위해서는 죽어야 한다. 왜냐하면 지금은 "무고한 생명체들이 시들고 있"기 때문이다. 전태일에게 돌아간다는 것은 그들의 삶을 살리는 일이다. 그렇지 않다면 죽어가는 고향 사람들 곁에 간다는 것이 무슨 의미가 있겠는가? 같이 죽기 위해서? 아니, 그들을 살리기 위해 돌아가야 한다. 이를 위해서는 자신이 죽어야 한다고 전태일은 생각한다. 그들에게는 목을 축일 이슬이라도 필요한데, 그는 자신의 죽음이 "한 방울 이슬"이 될 수 있으리라고 믿고 있기 때문이다. 그리하여 "나를 버리"는 죽음의 귀향길에 오를 것을 결단한다.

고향으로 돌아가 이슬이 되리라는 결단은 시적인 결단이다. 전태일은 자신의 몸에 불을 붙임으로써 이 시적인 결단을 현실에서 실행했다. 앞에서 말한 문학적 죽음은 시적인 죽음이었던 것, 이때 '시적인'을 통상 생각하듯이 '화려하게 꾸민', '멋있는' 등으로 받아들이면 안 된다. 이 '시적인'은 극한에까지 다다른 진실을 의미한다. 그 진실은 실존적인 것임과 동시에 사회적인 것이다. 고향으로의 귀향은, 자신의 실존이 형제가 있는 고향에서 온전히 진실될 수 있으며 그 진실 속에서만 이 소외와 고독으로부터 벗어나 자신의 존재 전체를 회복할 수 있다는 깨달음에서 나온 결단이다. 전태일의 시는 자신의 실존과 고향(사회)의 분리불가능성을 지렛대로 삼아, 현실의 완강한 벽을 깨뜨리며 솟아난다. 그 시는 죽어가는 고향을 되살리며 다시 창출하기 위해 쓰는 것, 전태일의 '고향'은 과거에 묶여 있는 무엇, 보존되어야 할 무엇이라기보다는 새로이 생명을 얻어 형성되는 나약한 자들의 '공통체'(마이클 하트와 안토니오 네그리의 개념)를 의미한다. 그렇기에 전태일은 자신의 '고향'을 대구가 아니라 청계천 평화시장이라고 말하는 것이다.

그리하여 전태일은 자신의 삶과 죽음으로 하나의 시적 진실을 창출했다. 이 진실의 창출이라는 돌발적인 사건을 통해 차이가 생성되고 새로이 보편성이 확장될 수 있었다. 우리는 1970년 전태일의 죽음을 통해 하나의 새로운 시대가 열렸다는 것을 알고 있다. 그의 죽음 이후 민주주의가 정치적 형식 차원에 머무르는 것이 아니라 사회적인 내용 차원으로 확장되기 시작했던 것이다. 이러한 시대적 단절과 새로운 개벽을 일으키는 사건을 창출한 것이 '전태일이라는 시'다. 그리고 이 시를 따라 많은 노동자들이 서슬퍼런 권력에 순응하지 않고 시적인 삶, 자유로운 삶, 삶다운 삶을 살아가기 위해 투쟁하기 시작했다. 또한 그 시가 가진 보편성은, 노동을 모르는 나와 같은 사람까지 이 사회와 삶의 진실을 생각하도록 이끌기까지 했다.

지금까지 생각한 바에 따르면, 전태일의 길은 현재의 굴레를 벗어나는 것으로부터 시를 찾아내고, 타인과 함께하는 고향을 창출하며, 시의 삶을 살고자 하는 길이라고 하겠다. 전태일의 길을 걷는다는 것은 무엇을 의미할까. 전태일의 삶을 모방하는 것? 어떻게 하나의 삶이 다른 삶을 모방한단 말인가. 설령 삶의 모방이 가능하다고 하더라도, 그 모방은 언젠가 실패하고 말 것이다. 그렇다면 전태일을 회고의 대상으로, 과거의 기념비로 여겨야 할까? 하지만 자본에 착취당하고 억압받는 사람들이 있는 곳이라면 전태일의 "내 죽음을 헛되이 하지 말라!"는 외침은 되살아오고야 말 것이다.

　전태일과 여기 함께 있는다는 것은 사람들이 '전태일-되기'를 한다는 것을 의미한다. 전태일과 '나'의 블록 만들기를 통해서 말이다. 그 '되기'는 전태일 삶의 모방이 아니라 전태일이라는 시와 접속하면서 자신을 변화시키는 또 다른 삶의 생성이다(그와 동시에 전태일 역시 '나'에 의해 새로이 생성—의미화—될 것이다). 그 생성이 어떤 방향으로 나아갈지는 미리 알 수는 없다. 하지만 그 생성의 길은 삶과 문학의 삼투를 향해 있으리라는 것은 짐작할 수 있다. 삶-문학-삶-문학의 상호 전화를 영구히 거치면서 이루어지는 '전태일-되기'의 길.

우리 모두 전태일

김
주
형

연
작
판
화

유신 독재에 이어 전두환 군부독재의 탄압에 대부분의 시민들이 숨죽이고 살았습니다. 그 과정에서도 YH무역 김경숙 열사와 사북탄광 노동자들의 파업 등 노동자의 생존을 위한 투쟁은 지속되었습니다.

그림 그리는 이들도 이들 민중과 함께 투쟁해나가야 한다는 자각을 했습니다. 밀폐된 화랑, 소수만을 위한 그림이 아니라 민중을 위한 그림, 민주화에 기여하는 그림이 되어야 한다고 생각했습니다. 그렇게 민중미술과 민중판화운동이 시작되었습니다.

이 그림들은 1984년 인사동 경인미술관에서 미술 동인 '두렁' 창립전에 전시했던 작품입니다. <전태일>이라는 제목으로 구성된 14장의 연작 판화입니다. 왜 노동자가 되었고, 어떻게 핍박받고 탄압받고 있는가. 그리고 어두운 현실을 타개하기 위해 무엇을 해야 하는가. 그러기 위해선 우리 모두 전태일이 되어야 한다고 생각했습니다.

지금도 수많은 전태일이 존재합니다. 모두 우리의 형제들입니다. 세상을 움직이는 사람들입니다. 그들 모두를 전태일이라 생각하고 작업했습니다.

그림 원본은 대부분 관계 기관에 압수되거나 폐기되었습니다. 그 당시엔 그림 때문에 여러 번 유치장에 갇히기도 했으니까요. 이 그림들은 민주화운동기념사업회의 아카이브 사업에 선정되어 복원, 제작된 판화입니다.

연작 판화 1. **꿈**, 5절, 고무판화, 두렁 창립전 때 경인미술관 전시, 원판 작품 분실, 1984

연작 판화 2. **우리 동네 사람들**, 5절, 고무판화, 두렁 창립전 때 경인미술관 전시, 원판
작품 분실, 1984

연작 판화 3. **철거**, 5절, 고무판화, 두렁 창립전 때 경인미술관 전시, 원판 작품 분실, 1984

연작 판화 4. **나는 누구일까**, 5절, 고무판화, 두렁 창립전 때 경인미술관 전시, 원판
작품 분실, 1984

연작 판화 5. **시다의 꿈**, 5절, 고무판화, 두렁 창립전 때 경인미술관 전시, 원판 작품 분실, 1984

연작 판화 6. **공순아!**, 5절, 고무판화, 두렁 창립전 때 경인미술관 전시, 원판 작품
분실, 1984

연작 판화 7. **월급날**, 5절, 고무판화, 두렁 창립전 때 경인미술관 전시, 원판 작품 분실,
1984

연작 판화 8. **내 친구**, 5절, 고무판화, 두렁 창립전 때 경인미술관 전시, 원판 작품 분실, 1984

연작 판화 9. **휴가**, 5절, 고무판화, 두렁 창립전 때 경인미술관 전시, 원판 작품 분실,
1984

연작 판화 10. **나도 배우고 싶은데**, 5절, 고무판화, 두렁 창립전 때 경인미술관 전시,
원판 작품 분실, 19~

연작 판화 11. **사고가 났어요**, 5절, 고무판화, 두렁 창립전 때 경인미술관 전시, 원판 작품 분실, 1984

연작 판화 12. **김경숙**, 5절, 고무판화, 두렁 창립전 때 경인미술관 전시, 원판 작품
분실, 1984

연작 판화 13. **아… 그 사람**, 5절, 고무판화, 두렁 창립전 때 경인미술관 전시, 원판 작품 분실, 1984

연작 판화 14. **가자 그리고 오라**, 5절, 고무판화, 두렁 창립전 때 경인미술관 전시,
원판 작품 분실, 1984

시

전태일이라는

밑줄

권
선
희

가난한 우리가 가난한 집을 나와
가난한 생을 산다

해가 떠도 어두운 도시
내일을 봉한 숲에서
고만고만한 꿈을 쥔 우리가 모여
일하고, 일하고, 일하고

병들어 죽어간다, 풋복숭아 같은 몸들
희망을 담보한 자본의 착취
부유한 환경이 외면하는 우리가
숨 가쁜 서로를 부축하며 버티는
이 꽃밭은 삶인가, 이미 너머인가

기울어진 세상을 읽기 시작했다
노동을 밟고 일어서는 부와 권력의 속도
그들이 거름이라 치부하는 고귀한 바닥의 권리
하루하루를 살아 이루고 누릴 당연한 자유

일한 만큼 공정한 대가를 위해
온몸으로 뜨거운 밑줄을 그었다

근로기준법을 준수하라

아무도 귀 기울이지 않던 스물두 살이었다
모두가 귀 기울이기 시작한 스물두 살, 전태일이었다

평화라는 시장에서

시다와 재단사와 오야 미싱사와 보조 미싱사, 우리는 새벽
부터 늦은 밤까지 잠바 깃을 달고 지퍼를 달고 실밥을 떼고 단
추를 달았습니다 어느 꽃으로 봄이 오는지 가을이 어느 길로
저무는지 세상 마중도 배웅도 없이 숨이 턱턱 막히는 평화라
는 시장에서 그저 죽어라 일만 했지요 기업체들은 주식회사를
꾸리고 극단적 저임금에 숙련노동만을 부추기며 공동 전선을
폈습니다 일거리가 밀리면 한 달씩 철야 작업을 해야 했지요
사는 게 사는 게 아니라고, 힘들다고 그만둘 수 있나요. 평화
라는 시장 앞에는 삶이 절박한 노동자 행렬이 끊이지 않았는
걸요 그렇게 너나없이 아리따운 목숨들 기름 냄새, 땀 냄새, 원
단 냄새에 절었습니다

평화라는 시장에서 누렇게 뜬 핏기 없는 얼굴, 퀭한 눈동자,
기관지염, 안질, 빈혈, 신경통, 위장통이 깊어졌지요 우리 노
동의 자국 깊어질수록 몸을 불린 자본은 기름지게 피었습니다
어쩌면 평화란 거침없이 혹독한 말, 처참한 시간을 가리는 교
활한 꽃밭인지도 모르겠네요

서러운 풍경

권
혁
소

종이 박스를 줍는,
비닐테이프를 떼어
기울어진 수레에 정교하게 쌓는
노인의 뭉툭하고 느린 손동작을
오래 바라보았다

어떤 미래 같았다

어떤 고향 사랑

서울에 가려고
원통 버스 터미널에서 서성이다
건물 외벽에 청테이프로 붙여놓은
'중요지명피의자 종합공개수배' 포스터를
옛일 떠올리며 꼼꼼하게 읽는다
서울행 버스는 미시령 허리쯤 미끄러지고 있겠지

맨 위 칸에는
강도살인, 살인, 살인미수 등 죄목을 적었고
그 밑엔 등록지, 주소, 특징 등을 적었는데

경상도 사람은 경상도 말투를
전라도 사람은 전라도 말투를
충청도 사람은 충청도 말투를
서울이나 경기도 사람은 표준 말투를 사용한다,
그렇게 적혀 있다

그렇겠지, 죄는 지었지만 어찌

고향의 말버릇까지 잊겠나

평창 진부, 논 가운데 집에서 태어나
봉평 면온에서 신작로 유년을 살았으면서도
고향 말 마카 잊어삐렸으니 그런 점에서는
중요지명피의자만도 못한 셈이다

죽은 사람

김
명
기

머릿병을 앓는 동생과 외딴
잿마루에 살았다 농사도 짓지 않고
노동도 하지 않았다 동생 앞으로 나오는
적은 수당과 남과 시비 붙어 스치기만 해도
드러눕는 것이 유일한 밥벌이었다
동네 사람들도 외면한 지 오래였다
초여름 저녁 그 집 앞을 지나 퇴근하던
내 차 앞을 가로막았다 황급히 차를 세우고
무슨 일이냐고 성을 냈더니 태연하게
뒷짐 진 채 무시로 자기 집 앞을
지나다니며 먼지 날렸으므로 이십만 원을
내놓으라고 말하는 입에서 독한 술 냄새가
흩어졌다 환갑 지나도록 그런 생을 사느라
왜소하기 이를 데 없는 몸을 가뿐히 들어
마당으로 던지듯 밀어넣었다 작고 텅 빈
옹기 같았다 저녁을 먹으며 지금쯤
전화를 걸어 온갖 욕설과 진단서를
들먹여야 할 위인이 아무런 기척이 없었다

사흘날 저녁 가벼운 옹기 같은 몸이 그만
깨져버렸다는 소식을 들었다 온전치 않은 동생을
시설로 보낸 후라고 했다 그날 이십만 원을
주었더라면 금 간 생을 부여잡고 더 버텼을까
부검을 마친 주검 앞으로 이십만 원을 보내며
한없이 여위었던 몸을 생각했다 말 한번 제대로
섞은 적 없는 사람 식지 않은 저녁볕 속에
흩어지던 독한 술 냄새가 생의 마지막
간곡이었을지도 모를 일인데 뿌리치고 돌아와
바스라졌다는 말에 가슴을 쓸어내렸다
보잘것없는 생도 어느 순간 한껏 살았을 텐데
나는 알지 못한 그 순간까지 외면한 것 같아
더 이상 인기척 없는 잿마루 집을 피해
며칠째 마른 냇가를 돌아 집으로 온다

베이글과 커피 그리고 천치

북녘 바다가 보이는 천진 해변에서
천진하게 베이글을 앞에 놓고 커피를 마시며
러시아가 우크라이나를 침공한 뉴스를 본다

오늘 오미크론 감염자는 십칠만 명이고
누적 사망자는 백신 부작용 포함 만 명이나 된다는데
관료들은 치명률이 낮다며 별일 아니란 듯 말한다

언제 포탄이 날아와도 이상할 것 없는
고성 땅 천진 해변에서 베이글에 커피 마시며
천진하게 앉아 있다가 천진과 천치가
별 차이 없다는 생각이 들었다

1943년에 태어난 우크라이나 할머니는
전쟁 중에 태어나 전쟁 중에 죽을 거라며
양손을 들고 아무 일 아니라는 듯 말했다
설마 설마하며 천진하게 사는 사람들을
천치로 여기는 자들, 블라디미르 푸틴 같은

한국의 관료 같은

해마다 이맘때라도 오시라

김
사
이

전태일은 진부한가
시간이 진부한가

내가 쓸 수 있는 시간
내가 쓰이는 시간
내가 쓰는 시간

전태일의 언어를 쓰고
전태일이란 시간을 따라
나를 데려가는 오늘

나는 고이고
고인 채로 흐르며
내가 죽어가는 시간

죽음의 외주화
사유의 외주화
나의 외주화

겨울을 여름처럼 살아
맞는지 다른지 부당한지
몸의 경계가 흐려지고

전태일처럼 살고 있으나
전태일처럼 살고 싶지 않은
모순의 언어들이 있다

옆집 아재

폭염에 농작물이 타들어가는 것을 바라보는 농사꾼은 애탄
다 장대비 쏟아지는 장마철 우비 입고 나와 물꼬를 트며 농작
물이 잠기지 않게 연신 애쓴다 투덜거리며 막걸리 한잔 걸치
고 집으로 간다 무슨 영문인지 아이들과 밥 먹고 있는 밥상을
걷어찬다 말이 안 통한다고 말귀를 못 알아듣는다고 애먼 아
내를 두들겨 팬다 처음엔 설렘과 걱정으로 뒤늦게라도 이국땅
여자랑 살아보자 했겠다 스무 살 언저리 이국땅 여자를 데려
와 아이까지 낳고 가정을 이루었겠다 사시사철 땅을 일구고
농작물을 보살피는 마음이 여자에겐 닿지 않는 모양인지 여자
는 말이 늘지 않고 가뭄 든 농작물처럼 말라갔다 남자는 여자
의 텅 빈 눈을 버려둔 채 내일 또 한 뼘 자랐을 곡식을 꿈꾸며
쿨쿨 주무신다

그가 하루 다녀간다면
—나는 삼거리 이정표처럼 누가 같이 가자고 하는 이가 없구나*

김
형
로

불기둥이었던 그 사람
우리 곁으로 와
하루라도 함께할 수 있다면
백 년 같은 일 년**을 뭐라고 할까

자유란 가진 게 없는 새의 자유여야 하는데
뱃살 두둑한 자들이 자유를 외칠 땐
그림자는 가난만큼 길어진다

불기둥 하나로 세상을 바꾸려 했던 사람
저의 모든 것을 불속에 던진
그가 다시 온다면 뭐라고 말할 수 있을까

구의역, 태안화력에서 숨진 청춘들이
하나같이 남긴 가방 속 컵라면들

근로기준법을 준수하라!
그가 몸에 불을 붙이며 오십 년도 더 전에 외쳤던 것이

지금도 유효하다는 이 끔찍한 사실
그는 무엇을 말해줄 수 있을까

사회로 나갈 현장 실습생들이
기득권의 반성 없는 관행에 지쳐 목숨을 끊는 이 나라
그는 무엇을 말할 수 있을까
감기는 눈 부릅뜨며 근로기준법 밑줄 그으며
먼 희망봉을 찾았던 그가
이 비정한 절벽 앞에 무너져 내리는 비정규직에게 뭐라고
할까

평화시장 창문도 없는 공장에서
시대의 창을 열어젖힌 사람
불붙은 몸 쓰러져 세상의 불기둥으로 일어선 그 청년
까마득한 미로 같은 지금 여기 오셔서
한말씀만 해주었으면

둘로 아니 나뉜 곳 없이 물고 뜯는 세상

물속에도 꺼지지 않는 불같은 말

한마디 해주었으면

* 1969년 9월 블랙리스트에 올라 해고된 직후의 전태일 열사 일기
** 2023년 6월 19일 천주교 정의구현사제단 청주 홍덕성당 월요 시국미사 강론

박꽃 전태일

가족은 이산하고, 지붕 없는 곳에서 이 년을 살고, 엄마는 식모로 동생은 보육원으로, 구두닦이 리어카 뒤밀이 신문팔이 안 해 본 것 없이 무허가 주택 철거반에 쫓겨 다닌 사람, 초등학교 중퇴, 고등공민학교 중퇴, 하지만 늘 책을 옆에 끼고 있었던 청년

그는 혁명가였다 봉제 공장의 비인간적 노동 속에서도 현실을 고치려고 발버둥 친 사람이었다 늘 마음속으로는 대학생 형이 한 명만 있었어도 하면서, 근로기준법을 독학했고 거기서 희망을 발견했었던

그는 페미니스트였다 어린 소녀의 노동을 궁휼히 여겼다 불쌍한 누이들에게 제 먹을 것을 주고 언제나 힘없는 것들 옆에서 함께 울고 웃었다

그는 꿈을 꾸는 희망의 사람이었다 시다에서 출발하여 미싱 보조, 미싱사가 되었고 봉제 공장의 오야지인 재단사가 되기 위해 미싱사 월급의 절반도 안 되는 재단 보조로 옮겨 갔다

큰 꿈을 위해 주린 배를 감수했고 끝내 재단사가 되었다

그는 휴머니스트였다 재단사는 사장과 한패 되어 노동을
통제하고 임금을 착취하는 대열에 서야 했는데, 그는 여전히
어린 동생을 걱정하며 바보 같은 변혁을 꿈꾸었다 자리가 바
뀌면 사람이 변해야 되는데 그는 변하지 않는 사람이었다

그는 질문을 하는 사람이었다 왜 우리는 별을 보고 자야 하
는지 왜 우리 가족은 뿔뿔이 흩어져 살아야 하는지 왜 어린 소
녀들이 비인간의 노동에 놓여야 하는지 왜 우리 공장에는 창
문이 없는지 왜 세상은 법대로 되지 않는지 스스로 묻는 사람
이었다

그는 블랙리스트 피해자였다 근로기준법인가 뭔가로 어린
여공을 들쑤신다는 소문이 나자 평화시장에서 쫓겨났다 그때
나 지금이나 블랙리스트는 해고 리스트였다

그는 결국 시인이었다 결단 석 달 전인 8월 9일 절명시를

적었다

이 결단을 두고 얼마나 오랜 시간을 망설이고 괴로워했
던가?
지금 이 시각 완전에 가까운 결단을 내렸다.
나는 돌아가야 한다.
꼭 돌아가야 한다.
불쌍한 내 형제의 곁으로 내 마음의 고향으로,
내 이상의 전부인 평화시장의 어린 동심 곁으로,
생을 두고 맹세한 내가,
그 많은 시간과 공상 속에서,
내가 돌보지 않으면 아니 될 나약한 생명체들.
나를 버리고, 나를 죽이고 가마.
조금만 참고 견디어라.
너희들의 곁을 떠나지 않기 위하여
나약한 나를 다 바치마.
너희들은 내 마음의 고향이로다.

허언으로 가득 찬 근로기준법의 부활을 위해

그 자신을 하얗게 태웠던 사람

박꽃은 하룻밤 피지만 사람들은 그 순백을 잊지 못한다

박꽃 전태일

젊어 세상 떠난 수많은 청춘, 그와 어룽진다

수철리 산174-1번지

김
해
자

눈 내리는 저물녘
건너편 설화산은 흰 저고리
눈 쌓이는 오솔길마다 치마 사각거리는 소리

밤나무는 가만히 내놓지 않았다
뿌리가 품고 있던 옥비녀와 은반지
꽃무늬 새겨진 쌍가락지
M1과 카빈 소총 탄두
탄피 박힌 두개골
불에 탄 뼈

도끼질 당하고 톱으로 잘리고 나서야 내놓았다
폐금광 구덩이에 뿌리내린 밤나무는
구슬과 청동 종
마사토와 진흙 잡석 사이 켜켜이
묻어놓은 꽃단추
끈 달린 고무신과 가죽신
흰 포대기 속에 싸여 있는

아기들 갈비뼈

눈보라 치는 밤이면 들린다
나무 부러지는 소리
아이들 구슬치기하는 소리
엄마 치마폭 속에서 엄마와 함께
구슬 꽉 쥔 채
할머니 품속에서 할머니와 함께
뱃속에 든 아이와 함께

섣달 저문 날
젖먹이는 업고 큰것은 걸리고
새끼줄에 묶여
설화산 뒷터골로 끌려가는
흰 저고리 흰 치마
1951년 1월 6일

시간 여행

—옷장 속에서 야근을

아 유춘열이라는 사램이 있는데 억수로 손기술이 좋다카이. 선반이고 밀링이고 금형이고 용접이고 못 하는 게 없는 기라. 삐쩍 말라갔고 맨날 기름칠에 땀범벅에 새까마케 눈만 보여. 차돌맹이라고 불렀제. 눈짝은 짝 째지고 까만 구두 광 내논 거맹키로 눈알은 뻔쩍뻔쩍허고 광대뼈는 튀어나와서 딱 서울로 압송되는 전봉준인 기라.

어둑어둑해져서 차돌맹이 집엘 갔지럴. 아, 글쎄 창문에다 몽땅 다 담요를 덮어놨는 기라. 아 고것도 모자래서 내 참, 차돌맹이가 비키니 옷장을 떡, 가리키는 기라. 얇은 텐트 조각으로 자꾸 달아서 쫙 끌어내리는 옷장 안 있나! 나 참, 내가 잠바 떼기도 아이고 베개도 아이고, 헤드랜턴 이마빡에 딱 달고설랑 옷장 속에서 전동 타자기를 두드렸다카이. 먹물 묻혀 롤라 밀어 피*를 맨들어 갖고 나오이 밖이 희뿜하드라꼬. 근디 차돌맹이 어매도 누부도 같이 밤샘을 했드라꼬. 테레비 라디오 돌아가미 틀어놓고 온갖 냄비 그릇 다 내놓고 우당탕탕 설거지 하민서 꼴딱 샜드라꼬.

64

그 덜 마른 피 몰래 나눠 들고 명동성당 앞엘 가서 차돌맹이가 연설을 하는데 그런 구경이 읎었제. 허고 많은 사람들 속에서도 한눈에 딱 들어오는 기라. 넥타이 부대들이 우우 몰려나왔응께 흰 백일홍 속에 콜타르 같은 씨앗 하나가 쑥 떠 있는 기라. 마침 져가던 해가 차돌맹이 뒷통수에 딱 걸렸는디 참말로 그런 장관이 없었제. 그 담날인가 담담날인가 노태우가 존경하는 국민 여러분 어쩌고 저쩌고 카더만. 아 대통령을 직선제로 하것다고 말이여! 천안 어딘가에서 마찌꼬바 한단 소문은 들었는디, 물어보나 마나 시방도 맨날 야근에 기름칠에 땀범벅에 까맣것지 머.

* 피 : 유인물, 전단의 은어. 뿌린다, 나눠 준다는 의미의 '세일'과 붙어서 피세일.

상자에 던져진 눈

박
승
민

눈은 高空의 공포로 휘청거렸다.

말문이 막힌 채
상경하는 기차에서 몸을 던지듯
무작정 공단 앞에 뛰어내렸다.

태어나는 것과 버려지는 것의
배합 비율은 대체 얼마일까.

생각할 틈도 없이
뒤에서 떠미는 물량에 치여
상자에 내던져진다.

아, 그런데 이 벼랑은
어느 날엔가 와본 듯해.
살아본 듯해.

몸이 더 잘 얼 수 있도록

포장 상자의 맨 꼭대기까지 올라갔다.

재고가 쌓이는 겨울까지는
어떻게든 살아남겠지.

닫힌 공장을 나서는 언니도
겨울옷을 입고 봄 속에서 녹아가겠지.

고산식물 인간

백두대간수목원에서 동북아시아 전시관의 고산식물 팸플 릿을 보다가

사계절 비바람의 영향으로 대체로 키가 작고 깡말랐으며 주로 땅바닥을 기는 삼급수 공장 지대에 넓게 분포한다. 뿌리 가 길게 발달한 대신 허리와 팔 근육, 어깨뼈 주위가 크게 어 긋나 있으며 솜털이 많은 고산식물에 비해 주머니마다 연체 독촉장과 공과금 고지서가 유독 불룩하다. 입은 더우나 추우 나 꾹 다물었고 겨울철에는 보일러 없는 냉골에서도 잘 견디 는 신체적 특징을 지닌다.

라고 다시 읽는다.

정수기가 울고 있다

손택수

커피 타러 들어간 탕비실 정수기 생수통이 비었다

용역 회사에서 오신 여사님은
이 무거운 걸 그 사이 어떻게 들어올렸나

인턴 여학생은,
오십견이 온 여직원은,

완도 생일도에 여행 가서 들은 이야기가 떠올랐다

　수도가 없던 시절 섬에선 빗물 받아놓은 오지독에 개구리
를 띄워놓았다고, 찰싹찰싹 물낯을 때리며 개구리가 헤엄을
치면 희미해져 가던 물이 퍼뜩 생기를 되찾아 다음 비 올 때까
지를 견딜 수 있었다고

　요지부동인 정수기 앞에서 심호흡을 한다

　뒤집힌 생수통 기포 쿨렁이는 소리가 어째
개구리 울음만 같다

슬픈 국기

초등학교 일학년 첫 방학 숙제 중 하나는 태극기 그리기였다
자꾸만 일그러지는 원이 암만해도 속이 차질 않아
끙끙대고 있는 아들놈이 보기 딱했던지
공장 일을 마치고 오신 아버지 대뜸
밥그릇을 들고 오시더니
밥그릇 둘레 따라 원을 그려 나가기 시작했다
도화지에 떠오르던 대보름달, 밥그릇이 국기가 되다니,
그려지지 않는 국기를 밥그릇으로 그릴 수 있다니
어린 두 눈도 원을 따라 둥그레졌으리라

아마도 그날 이후부터였나 보다
뜨건 공깃밥과 국기를 떼어놓고
생각할 수 없게 된 것은,
노동자들 분신 뉴스가 지나갈 때마다
멀쩡한 밥그릇으로도 자꾸 일그러져만 가는
방학 숙제를 여태도 끝내지 못하고 있는 것은

조개를 캐네

송경동

서해…… 썰물 진 너른 갯벌
오랜만에 나들이 나선 사람들이
알알이 박혀 조개를 캐네

푹푹 빠지는 뻘밭 같은 생활 속
입 앙다물며 버텨보는 삶
오랜만에 바닷바람도 쐬며

입 앙다물수록 연하고 고소해지는 속살
편취하기 쉬운 잉여가치로 채굴 당하는 운명 비슷한
조개 같은 사람들이 모여 앉아 조개를 캐네

노래, 할 수 있을까

자유의 새가 되고
광야를 달리는 세찬 바람이 되고
대지로 스며 역사의 꽃이 되고
푸르른 신념의 나무가 되고
어둔 세상의 별이 되고
해방의 불꽃이 되고 장작이 되고 들불이 되고
흘러 흘러 바다가 된 이들을

오랫동안 노래했네

늦게야 정신 차리고 보니
세상의 모든 소리가
남지 않고 사라진다는 게
얼마나 다행스러운 일인지
새로운 세대들이 자신들 소리를 한껏 낼 수 있게
조용히 빈 여백으로 스며드는 일
추악한 말들 모두 지우고
조금은 더 곱고 깨끗한

백지로 남는, 혁명

슈퍼문

송태웅

아침에 일어나 사립 쪽으로 걷는데
새끼 고양이 한 마리가 죽어 있었다
어제저녁에 나는 닭가슴살 한 팩을 사다가
구워서 맥주 안주로 먹었는데
너에게 몇 점 먹였으면
그 어린 나이에 죽지 않았을 텐데
밤하늘에 슈퍼문이 뜬다고
사방에서 환호성이 들리던데
그 배고픈 저녁에
밤하늘의 슈퍼문이
네 눈을 감겨준 거니

배고픔이 고양이를 울고 갔다

바람 소리가 대숲을
쓸고 갔고
배고픔이 고양이를 울고 갔다
추위가 보일러를 건드리다 갔고
나는 한사코 당신을 울지 않았다

내가 당신을 울면
당신은 전깃줄에 매달려 감전당한
전기공처럼
위태로워질 것이기에

이끼 소녀

엄
기
수

소녀를 발견한 건 순전히 우연이었다 소녀는 자라고 있었
고 눅눅하게 젖은 채 잘린 밑동을 빨아댔다

폐목 더미에 숨어 있던 소녀는 소리 없이 번졌다
집과 집 사이로 옮아갔다
소녀가 발견된 곳은 마을의 뒤란이었고
문신을 새긴 담장이 빈집을 비스듬히 감쌌다

불에 탄 건물 벽 위로 새들의 발자국이 지나갔다 소녀의 민
낯에는 나무 그늘이 점점이 흔들리고 있었다 부풀어 오른 뱃
가죽을 늘어뜨린 채 지나가는 고양이와 자기 안의 우울을 검
은 비닐봉지에 담아 온 사람들만이 가끔 소녀가 거기 있다는
걸 눈치챌 뿐이었다

나는 소녀와, 소녀의 손에서 꿈틀대는 벌레와
모퉁이란 모퉁이는 다 돌며 놀았다
모퉁이란 참 머물기 좋은 곳이구나 생각했다

코밑 털이 막 자라나기 시작하자 차츰 소녀를 잊어갔다 어느 날 찾아간 거처에서 소녀는 둥글게 몸을 말고 있었고, 점점 작아지는 듯했다 그리고 소녀가 사라지고 난 자리에서 그늘을 먹은 이끼가 번졌다 여기 소녀가 있었다

대숲으로 뱀의 꼬리가 들어가는 걸 보니
긴 장마가 오는 걸 알겠다
껍질을 갓 벗은 얼굴과 팔뚝에서
언뜻 불에 덴 자국을 본 것도 같다

기나긴 이름에 대한 짧은 이야기

이것은 길고 긴 이름을 가진
한 벌레에 관한 이야기다
도감에도 없고 생태관에도 없고 심지어는 발견한 이도 없는

검은딱지사슴뿔별무지벌레

누구든 검은딱지사슴뿔별무지벌레를 보려면
무릎을 꿇고
오래 기다리고 또 응시해야 한다

소년은 그러기에 딱 맞게 납작하고 평평했다 소년이 쪼그
려 앉아 있으면 투명한 그늘 같았다 팽나무 이파리가 흔들리
는지 소년이 움직이는지 알 수 없었고, 소년의 작은 발에서는
언제나 팽나무 껍질 냄새가 났다

검은딱지사슴뿔별무지벌레와 처음 만났을 때 그것은 민무
늬벌레라고 하는 게 맞았을지도 모른다 소년이 이 작은 벌레
를 발견한 건 엄마가 다니던 공장의 흔하고 특별한 사정 때문

이었을 터, 잦은 기침으로 친구들과 거리를 두었기 때문이었
을 터

그믐 밤 별들이 늘어가는 광경을 한참 바라보는 것처럼
소년은 특히 등딱지 속 별들을 세며 놀았다

어느 날 빨강 무늬 하나를 발견한 소년은
검은딱지사슴뿔별무지벌레의 빨강,
하고 불러보았다

그리고 소년의 몸에도 빨간 점박이 무늬가 생겨났다 무늬는
점점 늘어 소년의 몸에 소년을 삼키고도 남을 만한 커다란 구
멍을 냈는데

소년은 그 속으로 통과하기도, 통과되기도 했다

누군가는 검은딱지사슴뿔별무지벌레의 신비한 빨강을 염
료로 추출하려 했으나 그 무모한 시도는 실패했다 그것은 색

이 아니었고 빼앗을 수도 없었기 때문이다

이마에 뿔을 세우고 검은 등딱지를 쓴 채 별을 이고 기어가
던 벌레는
소년과 함께 사라지고 없지만
그늘 속에 점점이 떨어진 붉은 빛들만은
흙과 흙 위의 일들을 간섭하며
여전히 들끓고 있다

반코팅 목장갑

이
동
우

저물녘 가리봉동, 눅진한 피로에
이는 보풀, 벌겋게 뒤집힌
쪽방들, 그을린 얼굴이 스친 천장을
오므렸다 펼쳐도 밤은 무너지지 않아
굳은살 박인 벽 뒤로

문이 열리자 밖으로 돋아나는 것들

찢었고
찢겼고

손가락 끝에서 피어난
한낮의 후유증 같은 노을을 따라
작은 창이라도 찾아보지만
충혈된 눈에는 뒷등만 어리고
개미굴 같은 쪽문 앞을 서성이는 발그림자

쾅! 쾅! 문 닫히는 소리
막다른 길에서 만난 피멍 든 손

기타의 꿈

오선지 위에 내려앉지 못한 채
공장 주위를 떠도는 음표들
부서져 내린 날갯짓을 그러모은다
조율된 세상에서 살고 싶은 꿈

온몸 떨어 노래 한 곡 낳던 악기
이것들도 자식 같다던 동료는
도장 작업 내내 콜록거렸다
방진 마스크 속에서 낡아간 꿈

빈자리 안고 뒤척인 밤
주인 잃은 작업복이 곁을 지켰다
줄을 튕기자 공정마다 스민 땀내가
음계를 따라 떨어진다
작업장 시계가 다시 힘차게 돌아가는 꿈

공장 터 옆, 밤 비닐 두른 농성장
저마다 짙어진 어둠을 부려놓는다

나비를 닮은 촛불의 날갯짓
콜트 콜텍 선율로 피워낸 빛발
담 너머 들불로 번지는 꿈

○○○

—동지

오현주

그는 얼굴이 있었다
그는 이름이 있었다
나는 가던 길을 멈추고 자꾸 뒤로 돌아본다
내가 아는 얼굴인가
내가 기억하는 이름인가
그러나 그는 길에서 나를 만나면 알은체하지 않는다
그는 누군가의 형제
그는 누군가의 친구
그는 누군가의 딸, 아들
내가 그를 아는 것은 두 달에 한 번 칫솔과 치약을 타러 온
다는 것
내가 그를 아는 것은 그가 사는 방의 호수
내가 그를 기억하는 것은 그마저 부끄러워 눈을 잘 맞추지
않는다는 것
밖에 나올 용기를 저버리면 그는 작은 방에 자신을 가두고
스스로를 형벌한다는 것
누군가의 자식으로 그를
누군가의 형제로 그를

누군가의 변변찮은 친구로

살았던 그는

울음이나 부끄러움마저 사치라 느끼며

두 번 먹을 라면을 한 번만 먹고

끼니를 거른 속에 소주를 들이부으며

무언가 내내 속죄하는 마음으로

못내 괴롭다

나는 당신을 본다

항시 돌아가고 싶었던 어머니의 집

그곳으로 돌아가는 당신

깜깜한 어둠 속에서 절뚝거리며 아침으로 다시 태어나는
당신을

나는 기억한다

움

1

아이가 까치발을 하고 걷는다. 까치 까치 설날은 어저께고
요. 우리 우리 설날은 오늘이래요. 엄마는 크리스마스가 생일
이란다. 너를 낳고 꼬박 칠일을 아팠어. 몸에서 진액이란 진액
은 다 흘러나와 나도 다시 태어나는 건 아닌가 싶었단다. 땀인
지 눈물인지 피인지 모를 그 액체를 뭐라 불러야 할까 처음 엄
마가 만들어졌을 때 그때의 액체일까. 엄마는 바닥에 발이 닿
지 않아 몸에 바퀴라도 달린 듯 부유하듯 살았어. 네 머리가 내
다리 밑으로 흘러나올 때 너는 어깨뼈가 부러졌지. 우리의 네
다리가 침대 위에 놓일 때 땅을 딛고 있지 않은 인간의 불안함
이란 마치 요새 안에 있는 것 같았단다.

2

태초에 네 개의 다리가 있었다 두 다리는 각기 다른 방향을
지탱하고 있었다 나는 물이었고 흙이었다 너를 안고 품고 길
렀다 나는 집이었고 집이 아니었다 너는 쇠였고 나무였을까

86

아쉽다 내가 너의 벽이 되어 주지 못함에 나를 증명할 수 없음
이 이 나라의 비계가 나의 심약이 안타깝다 바닥으로 바닥으
로 몸을 숙여 네가 살아올 수만 있다면 피를 거꾸로 솟아올라
너를 형언할 수 있다면 나의 살갗, 나의 영혼을 바칠 텐데 너
는 없구나 작은 유리잔 안에도 우주는 소리치는데 한낱 태양
도 기염을 토하는데 나의 첫 번째인 너는 희미한 웃음조차 쓰
러졌구나 힘겹게 몸을 일으키고 누이던 너에게 제 모습으로
살게 하는, 나이만큼의 내 몫을 배불리 먹이지 못해 마음이 텅
비어버린 사람이 사주는 끼니처럼, 내내 허기지는구나

겨울과 여름 사이에 절멸이 있었다

유현아

남의 농사 품앗이로 받은 일당을
꼬깃꼬깃 접어 집 안 곳곳에 숨겨두었네

집 안 곳곳 온갖 틈에서 하나씩 꺼냈을
손바닥으로 정성을 다해 펴고 차곡차곡 쌓았던
만 원짜리들

어떤 목소리도 내지 않고
어떤 얼굴로도 비치지 않고
어머니의 목소리와 손을 통해 돈봉투로 내게 왔네

숨이 쉬어지지 않을 계절의 절망을 맛보고 있던 나는
봉투 안 엉켜 있던 실선들을 먼저 보았네

거뭇한 표정이 뿌려진 돈봉투를 보면서
주저앉고 말았는데
구겨진 돈을 펴면서 어떤 욕을 하셨을까

뉴스 채널에서 눈을 떼지 않고 있는 아버지를 욕하면서
어머니는 별이 지나간 하늘을 보고 있는데

어떤 용기는 엉킨 실선처럼 떼어지지 않는다는 걸

시골집 곳곳에 만 원짜리를 숨겨놓은 아버지는
구두쇠가 아니라 돈 벌어본 기억이 희미해
돈 쓸 줄 모르는 사람

행복한 표정을 채집해보면 이 세상 웃음이 아니다

'한 뼘'이라는 소식

원룸에 사는 친구가 벼를 키운다며 사진을 보내왔습니다.

작년에 자라지 않던 벼가 올해는 쑥쑥 자라
낟알이 열렸다고 초록이 가득한 벼를 찍어 보냈습니다.

말도 없고 행동도 없는 친구는
벼가 자라는 만큼 딱 그만큼 자라고 있다고 했습니다.

가만히 들여다보는 눈과 쪼그려 앉아 낟알을 세는
그의 마음과 벼의 마음을 들여다봅니다.

말갈기를 부여잡고 사막을 달리는 사람을
챙모자를 깊이 눌러쓰고 쭉정이 뽑는 사람을
자라지 않은 벼와 자란 벼를 비교하며 지나간 함성을
생각할 것입니다.

솜털처럼 가벼운 벼들의 흔들림과
흔들리지 않으려는 친구의 흔들림을

원룸 작은 창문을 뚫고
구름의 한쪽 귀퉁이를 자르고
달아나는 상상을 해봅니다.

볕이 들지 않는 원룸에서
한 뼘의 벼들과 함께
친구의 슬픔이 느리게 올라오고 있습니다.

장미꽃은 죽었다

이산하

이솝우화에 멀리 로도스 섬으로 여행 갔다 온 한 청년이
거기서 자기가 가장 높이 뛰었다고 자랑하는 얘기가 나온다.
계속 의심하고 냉소하던 그리스 사람들이 외쳤다.
"여기가 로도스다. 여기서 뛰어보시오!"
이 간단한 얘기가 헤겔의 『법철학』에도 인용되고
마르크스의 『자본론』과 『브뤼메르 18일』에도 인용되지만
둘 다 살짝 비틀어 시적으로 표현한다.
"여기에 장미꽃이 있다. 여기서 춤추어라!"

세계적인 사상가와 철학자들이 쓴 회고록의 공통점은
자신들이 평생 설계하고 쌓아올린 이론의 철옹성이
결국 현실 앞에서는 한낱 모래성일 뿐이었다는 무력감이다.
그러니 굳이 비틀지 않더라도
장미꽃은 언제나 이미 거기에 피어 있었고
모든 사유도 이미 뒤늦은 사유에 지나지 않았으리라.
로도스에서 장미꽃이 피었든
그리스에서 한 청년이 춤을 추었든
꽃의 상징도 춤의 은유도 자본의 마지막 전리품으로 징발돼

우리 스스로가 악마에게 영혼을 납품해오지 않았던가.

여기에 장미꽃은 죽었다. 여기서 춤추지 말라!

후기 빠시즘

처음에는 도끼 하나밖에 없어서
모든 것을 나무토막처럼 찍었고
나중에는 망치 하나밖에 없어서
모든 것을 못처럼 박았고
지금은 렌치 하나밖에 없어서
모든 것을 나사처럼 조이고 풀었다.

물론 그동안 은밀히 도끼가 망치를 쪼개고
망치가 렌치를 내리치고
렌치가 도끼를 조이기도 했다.
모두 자신의 도구가 하나밖에 없다는 것을
스스로도 몰랐지만 또 알고 싶지도 않았다.
그런데 과연 그들에게는 저 도구 하나밖에 없었을까.

낡은 게 가고 새로운 게 오지 않았을 때가 위기라면
진짜 위기는 낡은 것도 가지 않고
새로운 것도 오지 않았을 때이다.
인간이 도구를 사용하는 게 아니라
도구가 인간을 사용하는 지금이다.

물고기 극장

이
설
야

저녁에서 저녁까지 바람이 불었다

돌아가야 한다는
생각은
언제나 늦게 도착했다

물고기 극장 안에 매달린 박쥐들

죽어서도 살고 있었다
거꾸로 날아가는 새들
정지된 눈동자 속으로 물빛이 흘러갔다 흘러왔다

우리는 죽은 박쥐들과 함께 거꾸로 날아다녔다

날씨를 따르지 않기로 했다

아무도 돌아가지 않았다

중국인 거리의 쿨리들

대창반점 옆길로 햇빛이 쏟아지고 있었다
문밖을 서성이는 빛들

인천항 부두에서 하역하던 쿨리들의 그림자가
간신히 언덕을 넘어가고 있었다

찢어진 발바닥으로 쪼그려 앉아
검은 자장면을 먹으며 삶을 이어갔다지
화교 학교 언덕 중턱에 걸린 해처럼
달려가다가 사라진 쿨리의 아이들
그 언덕 올라가는 길가에 중국인 장의사가
살았다지 죽음을 장례하면서
삶을 이어갔다지

거리마다 슬픔이 진열되어 있었겠지
슬픔을 팔고, 슬픔을 말아 먹고, 슬픔을 목욕시키고
슬픔을 집 밖으로 내다 버리고 다시 주워오던
쿨리들이 살던 언덕

휘청거리며 언덕을 넘어가는 일
온몸이 못이 되어 집으로 돌아가는 일
하루하루 살아남은 일

대창반점 옆길
오래된 사진 속에서 아직도
문밖을 서성이는 빛들

당산나무의 말씀

이
원
규

이 마을에 한 오백 년 살다 보니
세상 인간사 그 사타구니가 훤하게 다 보여
해빙기 지나 매화 꽃망울 막 벙그는데
그 냥반은 죽어서야 선산에 들었지
장례차 리무진 링컨을 타고 마을 초입 들어설 때
관 속의 그 얼굴을 한눈에 알아보겠더라
그 냥반도 어릴 적엔 똘망똘망 머루눈이었지
내 몸 그늘 아래 동무들과 고라니처럼 뛰놀고
정월 대보름엔 쥐불놀이도 곧잘 하더니
출세는커녕 왜놈들 앞잡이를 자처했지
해방되자 잽싸게 서북청년단 완장을 차고
전쟁통엔 눈까리가 휙 돌아가더라
보도연맹이든 친구든 망나니 칼춤을 추더니
전쟁 끝나자마자 경찰서장이 되더라
국회의원 금배지도 참 쉬운 세상
그래도 한번쯤은 날 찾아와 엉엉 울 줄 알았지
선거철에 나타나 슬슬 눈길을 피하더라
천벌? 앞산 너구리도 킬킬 웃을 일이야

염라대왕도 착한 사람부터 먼저 데려가는 법
악질 새끼들 잡아가 봐야 지옥도 골치만 아프겠지
이보시게, 자네도 오래 살려면 죄도 좀 짓고 살어
말년의 그 냥반도 탄핵이다 남북정상회담이다
세상 바뀌니 또 슬슬 말을 갈아타더라구
저승꽃이 피니 정신 좀 차리나 했더니
입이 홱 돌아갔어 오른쪽 팔다리도 배배 꼬이고
남은 생을 침만 질질 흘리다 유언도 못 하고 갔지
이제 가봐, 내가 무슨 신목이야 신목!
한 오백 년 몹쓸 세상 견디며 속을 텅텅 비워도
아직 내 몸속엔 악의 기운이 더 많아
팽나무 회초리만 내걸고 지켜보기만 했으니
아마 벼락을 맞아도 내가 먼저 맞을 거야
자네도 너무 오래 살지는 말고 착하게 쫌만 더 살아
혓바닥이 둘둘 말려 목구녕을 틀어막기 전에

짐새[鴆鳥]

옛말에 살모사[殺母蛇] 천년에 양두사[兩頭蛇]가 되고, 양두사 천년에 짐새[鴆鳥]가 된다고 했으니, 한때 경찰이 똥오줌 안 가리다 보면 참수리가 아닌 짭새가 되고, 아직 어린 검사가 영감님 소리 들어가며 밤마다 주지육림에 코를 처박다 보면 뱁새도 아닌 검새가 되는데 아뿔싸, 쿠데타 군바리들에게 쪼인트 까이던 검새들이 어쩌다 전설 속의 짐새가 되었다는데, 짐새는 온몸에 독을 품고 있어 논밭 위를 날면 채소 곡물이 말라 죽고, 날아가는 짐새의 그늘만 쐬어도 사람이 즉사하고 그늘을 쐰 음식만 먹어도 모두 저승길이라는데 오호통재라, 주로 살모사[殺母蛇]와 야생 칡을 먹고 살며 몸이 검고 눈알이 붉은 짐새 혹은 짐조라는 그 악의 새가 출현하여 기레기나 검새마저 학을 떼는 짐새공화국을 선포하였나니

어쩌다 뒷골목의 머저리 깡패 얼치기들이 일제 순사들의 앞잡이 완장을 차듯이 잔머리 검새가 제 핸드폰 비밀번호를 숨기며 어물쩍 장관이 되거나 어리바리 막가파 대통령까지 되었으니 온 나라의 국민들은 어여쁜 백성이 아니라 필요 즉시 범죄 혐의자가 되고, 행여 청와대에서 총 맞을까 용산 국방부

를 일거에 접수하며 증거 인멸인지 성형 인멸인지 본인과 부인과 장모 본부장만 빼고, 친구도 애인도 노동자도 알바생도 소녀도 집집마다 압수수색을 하며, 노자 공자 부처 예수 김구 안중근 사돈팔촌까지 겁박하거나 전생 현생 내생까지 심문하며 조지고 또 조지는 헌법개무시공화국을 건설하였나니

지리산에 산사태가 나고 구상나무가 죽고 섬진강에 홍수가 나거나 강원도에 큰 산불이 나도 모두 지난 정부의 탓이니, 아니면 말고 한밤중에 혼인비행을 하는 반딧불이는 혼인빙자간음죄로 고발을 당해 수사를 받아야 하고, 산토끼는 멸종위기 식물의 새싹을 먹었으니 구속적부심, 새끼의 똥을 먹어 치운 어미 새는 증거인멸죄, 당산나무는 5백 년 동안 지켜만 보며 아무 말 안 했으니 아이 밴 처녀의 자살방조죄에다 빨치산을 잠시 밤 그늘에 숨겨주었으니 국가보안법 위반, 오로지 나의 편이 아니면 여당 야당이든 온 국민 모두 체포 대상으로 전락하는 짐새공화국에서는 북한뿐만 아니라 중국 러시아까지 모두 신냉전의 주적이 되었나니

짐새의 깃털이 술잔에 스치기만 해도 이를 마신 사람은 즉사했다는데, 밤마다 짐새의 깃털로 담근 짐주^{鴆酒}를 만들어 남녀노소 안 가리고 마구 독주의 잔을 돌리기 시작했으니, 단 한 번도 봉황이 된 적 없는 짐새가 양키의 셰퍼드나 쪽발이의 원숭이가 되기는 너무나 쉬웠으니, 어절씨구 만찬 폭탄주를 퍼마시며 횡설수설하다가 아차차 짐주까지 섞어 마셨으니, 그 자리에서 눈을 하얗게 까뒤집으며 몸을 덜덜 떨고 함부로 내뱉는 말이란 말은 온통 게거품에 개 거품뿐 오장이 썩어 문드러지고 신경이 마비되어 여론 조사처럼 죽기 직전이지만 아직은 말 그대로 그 직전이니 그때까지 그날까지는 이제 한반도 그 남쪽은 김남주 시인의 말처럼 정말 '좆되어부렀다' 그리하여 본디 수컷 모양 암컷인지 암컷 모양 수컷인지 도대체 그 출처마저 알 수 없는 짐새여, 저의 깃털로 빚은 짐주를 끼리끼리 나눠 마시며 건배하는 짐새들이여, 너희들도 머지않아 좆되어부렀다

천지사방 지뢰밭에 울울창창 죽순들이 솟아나니 대피리가 될지, 풍년 볏가릿대가 될지, 서슬 시퍼런 죽창이 될지, 다만

때를 기다릴 뿐이니 알고 보면 더 박복한 짐새여, 지나고 보면 더 명이 짧은 짐새여!

점 하나들

이
정
연

선도 면도 점이 모여 이루어진다죠

점 하나로 외로웠을 당신을 배웅하러 가는 길

대구에서 올라가는 전세버스들이 옥천휴게소 들렀을 때

여자 화장실 바깥까지 이어진 검은 줄의 한 점으로 서서

2014년 어느 교실 책상마다 놓인 국화 꽃송이처럼

살면서 만나게 될 줄 몰랐던 광경과 맞닥뜨리고서야

선이 점으로 이루어진다는 걸 깨달았습니다

엄마에게 태어나지 않은 아이가 없듯

교사에게 배우지 않고 자라는 아이가 있나요

교사에게 배워 교사가 된 우리

세상의 부귀와 명예보다는

반짝이는 별들의 배경으로 족한 밤하늘이어서

작은 반짝임에 행복해하고

작은 재잘거림에 속상해하며

일 밀리의 성장도 알아채는 자잘한 눈금으로

어제보다 나은 오늘을 채근하느라

각자의 교실에서 타들어가는 검은 속이었습니다

여기 맨주먹 같은 검은 결심이 모여
숨 쉴 수 있게 해달라
가르칠 수 있게 해달라
희망할 수 있게 해달라
아스팔트 위에서 함께 흘린 눈물이
메마른 점을 적셔 씨앗이 되고 있습니다
새순 같은 손 내밀어 어깨동무하고
서로를 든든하게 받쳐주는 면이 되겠습니다

당신의 따뜻한 배움 놓친
아직 세상에 오지 않은 별들에게 미안해요
맨발로 먼 길 떠나야 할 당신
밤하늘까지 이어진 다리를 보세요
우리의 등을 밟고 편안히 가시어
하늘 칠판 앞에 옹기종기 모여
눈을 반짝이고 있을 별들과 만나세요

품사 배우는 시간

'사랑하다'는 동사
'행복하다'는 형용사
'신나다'는 동사
'괴롭다'는 형용사
동사는 움직임
형용사는 상태

동사일 때도 있고
형용사일 때도 있는
'있다'는
머무르다일 때 동사
존재하다일 때 형용사

아,
동사는 지속이고
형용사는 순간이구나

복도를 지나가던 인생이 슬쩍 묻습니다

너 나를 감당할 수 있겠니?

'일하다'처럼 '먹다'처럼
큰물 지난 후에도
삽을 메고 들로 나가는 농부 옆에서
머리를 쓸어 넘기는 금호강 갈대처럼
그 자리를 버티는
질긴 움직임
'감당하다'는
동사입니다

그러고 보니
인생도 동사였네요
행복한 순간 괴로운 순간
윤슬로 신고 쉼 없이 흐르는
금호강처럼요

태성공업사

이
정
훈

쇠는 자신이 쇠라는 걸 잊은 것 같다

새빨갛게 노랗게 달아올라

한동안 불꽃 쇼 흘러내린 뒤

빡, 깔끔하게 마무리 인사하는 산소 노즐

만사를 잊고 모양과 물성을 두들겨 새로 태어난다는

윤회의 미덕은 인도인들이 만들었다는데

아버지는 운동 삼아 운동을 너무 열심히 하셨지

척추가 주저앉는 줄도 모르고

저세상에서도 사료 두 포대씩 매다

집으로 오는 길가에서 열 받고 계실까

이것들이 다 어디로 사라졌노!

꺼멓게 식어가는 철판때기 이음매

애야, 절단과 용접은 한가지 원리의 다른 발현일 뿐

판재 위에 석필로 금 그어

사람 중에서도 판검사로 오려 주랴?

아니요, 그냥 운전수 할라요

밤이고 낮이고 갖다 채워도 되는

사일로 하나만 점지해주사이다

'되는'과 '하는'의 삑사리만큼

기울게 붙은 철판의 각도

그려, 우린 새지만 않으면 돼

모루가 망치에 취하듯 불에 취해

불똥 튄 탱크 옆구리에 물 조루 기울이며

색깔 안 맞는 락카나 뿌리면서

벌레

─ *지렁이 한 마리 온다*
출구에 비켜선 덤프트럭들은 풍뎅이 같다
날개를 붕붕거리며 내가 TR을 듣지 못하는 줄 안다
사실 아무것도 몰라
사일로 아래 꽁무니를 갖다 붙이고
오백 톤짜리 애벌레에게 먹이를 주입하는 과정만 생각한다
배출 파이프를 연결하고 PTO 스위치를 넣는다
1.2Kbar, 공기압이 차면 서비스 밸브를 열고
3, 2, 1 밸브를 순서대로 열 것
오직 이것만 할 줄 알고 아는 거라곤 이것밖엔 없어
머리가 없어져도 팔다리는 저희들끼리 버둥거릴 것 같다
사일로에 매달린 줄을 흔들어
딱, 과 통, 의 경계에 추를 고정시킨다
모래 무더기를 오르내리는 페이로더는
아무리 봐도 딱정벌레 믹서트럭은 달팽이
뒤집히면 당분간 일어서지 못한다
벌레들의 현장에 사람이 보이는 건 이상한 일
어딘가 고장이 났거나 사고

오수 파이프 옆을 돌아 나올 때마다

저 자식이 어깨를 좀 들어주길 바라지만

강철의 족속에겐 호의란 게 없다

나도 옆구리를 벌려준 적이 없지

남은 출하량과 채워야 할 시멘트 양을 어림하는 벌레

톨게이트에 들어서 담배 한 대 물어야 휴,

사람으로 돌아오는 벌레

이런 날이 만일^{萬日} 넘게 계속되었다

그 늙은 난쟁이 생각

이중기

앉은뱅이와 꼽추가 밀 사리해 먹던 옛날 서울 어느 밀밭 한
모서리였을까
　저 못된 유신 정권 공장 굴뚝 위로 사라졌던 난쟁이가 카메
라 들고 나타났다
　가난이 깊어 마당도 깊은 신애네 더 깊은 마당에 수도꼭지
달아주다
　우물 파는 사내에게 피투성이가 된 그 사내,
　야성 잃은 데모 대는 몇 시간째 밀리기만 하다가
　날 저물자 경찰이 물대포와 방패로 거침없이 침범했을 때
　꼽추네 집이 철거반 사내들 쇠망치에 무너지듯
　그날, 젊은 농사꾼 하나 경찰 방패 아래 스러졌다

　머리라도 하나 보태주자고 거길 갔다가
　그 젊은이와 불과 몇 미터 거리에서 살아남았다며
　물대포 뒤집어쓰고 방패에 다친 왼다리 절룩거릴 때마다
　목에 걸린 카메라에서 물이 줄줄 흘러내리는 난쟁이 목소
리에는 얼음이 버석거렸다
　이대로 가면 안 된다고 『난쏘공』을 썼는데, 그 못된 상상에

112

우린 도착해버렸다고

　농사꾼 분향소가 마련된 병원 기자회견장에서 기자들 쏘아
보던

　늙은 난쟁이 눈빛에도 꽝꽝 얼음장이 깔리던

　그날 이후 모든 집회 현장에서 늙은 난쟁이는 사라져버렸다

　앉은뱅이와 꼽추가 콩 사리해 먹던 옛날 서울 콩밭머리 어
디쯤에서

　그 못된 상상의 세상 한 풍경 인화하고 있을까 그분, 늙은
난쟁이 조세희

그날

그 시간 맞춰 상 차리고 소주 한 병 엎었다

먼저 한잔 벌컥 비워낸 뒤
그러나…… 그리고……

아슬아슬한 판결문 접속부사에 흠칫, 흠칫하다가
거대한 신화 무너뜨리는 우렛소리 들었다

—대통령 박근혜를 파면한다

그 문장, 벽에 걸어놓고 눈 껌뻑껌뻑하다가
소주잔 꽉 뒤집는데 전화가 왔다

농사꾼 주제에 오늘은 마 조퇴할란다
세상 참 웃긴다 한 잔, 할래?

나야 일찌감치 조퇴해서 독상 차지하고 앉았던, 그날

대장경

임성용

사람 얼굴에는
80개의 근육이 있다고 한다

80개의 근육이
8천 개의 표정을 만들어 낸다고 한다

나는 열 가지 표정 정도밖에 짓지 못한다
다른 사람의 얼굴도 그만큼밖에 읽지 못한다

꽃 한 송이에는
무려 8만 가지의 표정이 들어 있다고 한다
사람이 꽃보다 아름답다고 하는데
꽃다운 향기를 품은 사람은
꽃보다 아름다운 얼굴을 가졌기 때문이다

불꽃의 근육으로 피어난 사람이 있다
꽃 울음 사무쳐 내 가슴에 새겨진 이름이 있다

개미들

개미는 언제나 개미들이다
셀 수 없이 많은 개미들 중에
개미 한 마리는 제외해도 된다

눈이 퇴화한 개미들은 더듬이로 산다
보지 못해도 큰 불편 없다
쉬지 않고 움직이는 더듬이
쉬지 않고 어디론가 가는 개미들

개미들을 생각하면 몸이 가렵다
더듬이가 있었으면 좋겠다
눈을 빼버릴 놈!
그런 말을 듣지 않아도 눈은 멀어진다

오로지 돈에 눈먼 세상에서
욕심으로만 빛나는 눈을 감아본다
홀로 눈 떠 길을 더듬는
개미 한 마리 따라간다

116

살날이 가깝고도 멀다

살아가라, 단지 뜨거운 것은 그뿐이다

전태일 아니 이소선

이철산

전태일이 누구냐고 묻습니다
누구길래 시민들이 돈을 모아 잠시 살았던 옛집을 사들이고
무슨 마음으로 노동자들이 손을 모아 허물어진 옛 집터를
되살리고
마침내 '전태일' 문패를 달고
기억의 숲 희미한 길을 되밟아 여기까지 왔냐고 묻습니다
대구에서 태어나 어린 시절을 살았던 전태일
1970년 11월 13일 서울 동대문 평화시장
일당 50원을 벌기 위해
햇빛도 들지 않고 허리도 펼 수 없는 작업장에서 다락방에서
하루도 쉬는 날 없이 15시간을 일하는 평화시장 어린 시다
들을 위해
스스로 근로기준법과 함께 불타올랐던
스물세 살 청년 노동자 전태일
청년 전태일의 아름다운 이야기를 한번은 들어봤다 할 겁
니다
하지만 오늘은 전태일 아니라 이소선이 누구냐고 묻습니다
스스로 노동법과 함께 불타버린

전태일의 장례를 치르며 이소선은 전태일의 꿈이 되었습
니다

평화시장 청계피복노조 만들었던 이소선은 미싱공의 꿈이
었습니다

노동시간 단축 다락방 작업장을 철거했던 이소선은 시다의
꿈이었습니다

어린 여공에게 노동교실을 열었던 이소선은 여공의 꿈이었
습니다

원풍모방 동일방직 반도상사 YH무역

노동자들과 함께 싸웠던 이소선은 투사의 꿈이었습니다

소외와 빈곤에 우는 서민들이

인간답게 공평하게 살 수 있는 나라를 꿈꾸었던 이소선

마지막 순간까지

수많은 전태일을 지켜내고 수많은 전태일의 꿈을 키웠던

어머니 이소선의 이야기를 옛집에서 시작할까 합니다

오늘은 전태일 아니라 이소선의 집에서 머물다 가려 합니다

흘러서 굴러서 떠밀려서

기계 돌리고 제품을 검사하는 눈
컨베이어 타고 줄줄 흐르는 부품 흠집 하나 놓치지 않는데
부품을 잡아채는 손
억짜리 로봇팔보다 빠른데
눈 따로 손 따로
작업 시간 기계 앞에서 춤추듯 제품을 뽑아내는
하얀 장갑

첫 일터 메리야스 공장 재단기에 한 가락 해 먹고
재활용 분리수거 컨베이어에 한 가락 해 먹고
부품 공장 검사반에 왔다는
하얀 장갑 규석 씨

한 가락 없어도
메리야스 재봉 일 할 수 있지만
한 가락 없어도 재활용 컨베이어 분리수거 영락없지만
손끝에 눈금자가 새겨지도록 손끝에 저울추가 박히도록
뼈가 곧아버린 시간을

살이 해어지는 시간을

마음이 굳어지는 시간을

흘러서 굴러서 떠밀려서 왔다는

하얀 장갑 규석 씨 손가락은 세 가락

그리움이 붉어지면

조
선
남

새벽길에
땅 불쑥 꽃무릇을 만났습니다

늘 스쳐 지나던 길이었지만
그곳에 꽃무릇이 있는 줄
몰랐습니다

잎도 없이 불쑥
땅에서 솟아오른
붉은 꽃
헤어지고 나서야 그리워지는 것처럼
꽃 지고 나서
잎을 보는 이룰 수 없는
사랑

별빛이 내려와, 속삭이고,
달빛이 내려와 그림자로 흔들 때도
그리움이 붉어지면

애써 태연히 하늘을 올려다봤지요

그리움이라 하지 않았습니다
땅 불쑥 피어난
붉은 꽃무릇에
하마터면 눈물을 보일 뻔했네요

다행히 바람이 불어
떨어지는 낙엽에 간신히 눈길 돌렸습니다
오늘도
새벽길을 걸어 그대에게 갑니다

전태일, 그리고 대구 9월 총파업

아파하는 아들을 보고,
아비는 가슴에 묻어둔 이야기를 들려주었다
너무 아픈 이야기 너무 힘든 시간이었기에
차마 자식에게만은 들려주고 싶지 않았던 기억을
들려주었다.
근로기준법을,

9월 총파업의 그날을
10월 항쟁 대구를 태일에게 이야기해주었다

청계천 봉제 공장 재단사로 일하던
전태일은
버스가 끊기기 전에 시다들을 먼저
집으로 보내주기 위해
밤을 새워 일했던 전태일은
아버지에게 들은 이야기는 깜깜한 어둠 속에
흐릿하지만 한줄기 빛을 보는 듯했다

두 시간을 걸어 퇴근하면
점심을 굶는 시다를 위해 풀빵을 사주던 태일은
하루 14시간 일을 하는 어린 여공을 위해
아버지에게 노동자의 권리에 대해 이야기를 듣고
피가 끓고 가슴이 뛰었다

아버지가 일러주시는 근로기준법
헌책방에서 사서 한자로 된 법조문을 찾으며
대학생 친구 하나만 있었으면, 안타까웠고
하나를 알고, 열을 알고 노동자의 권리
알면 알수록 가슴에는 뜨거움이었다

노동자의 권리
인간의 권리
피에 사무치는 염원은
아버지에게 들었던 인간에 대한 최소한의 권리 의식이었다
아버지가 살아 낸 세월의 통곡이
전태일에게는 뜨거운 희망이었다

해방

최
백
규

모두의 핏줄에 흐르는 붉은 피를 위하여

비슷하게 뜨거운 심장들과 각자 다른 빛의 기도들을 위하여

아득한 지평선을 위하여 상처와 흉터의 영광을

금요일 밤과 일요일 아침을

위하여 높은 곳으로 돌을 내던질 때까지

대통령과 국회의원들의 머리를 짓밟을 때까지

굶주린 자들로부터 솟구치는 함성이

절박한 얼굴로 돌아보는 모든 적의 헐벗은 육체를 내리치고

각혈로 그려진 태극기가 폭발물을 안고서 도살장처럼 끌려

다니는 밤

벽 너머가 연기에 휩싸여

거대한 현실로 이글거리더라도

목숨이 끊어지는 마지막까지 행진할 것이다

비참한 싸움들

아직 성패는 알 수 없으나

살아 있는 한 무너지더라도 침몰하지 않을 테다

축복이자 저주가 되어

국가를 전복시키고 한 맺힌 자유를 울부짖다 거꾸러지기

위하여 마침내

온몸으로 하나의 시대를 마무리한 채 눈을 감아

역사상 가장 긴 한철로 흘러가기 위하여

집행유예

어머니께서 수십 번 머리를 숙이고
 나는 싸울 때마다 합의금이 없어 언제부턴가 바늘을 삼킨
것처럼 머뭇거린다

부러진 주먹을 쥔 채
 정류장에 주저앉아 첫차를 보낸다 땀이나 식히는 동안
어긋난 치열처럼 비죽 솟은
피
흔들릴 정도로 망가진 이를 악물자
패자의 냄새가 배어 나온다

차라리 철창 속에서는 아무것도 해치지 않아도 괜찮았다
누구도 목을 끊지 못했다

이제 울어도 흐려지지 않는 어머니만 내 앞에 서 있다
찢긴 비닐봉지처럼 마음도 바람에 일렁인다
세상이 느릿하게 침몰해버릴 것 같다
여전히 어머니가 희박한 웃음도 짓지 않아서 그리운 듯 바
라보아서

공터의 네모

최
세
라

작은 병을 땅에 묻었다
너하고 나하고 우리가 모르는 낯선 사람이

비닐을 덮어두면 밤새 물이 고일 거야

그는 반 마디쯤 잘린 검지로 병을 가리켰다
입술로 불면 투훗 투우훗 소리가 날 것 같은데

공터 너머에 네모 네모 또 네모
아파트 창문마다 불이 켜졌다
꺼졌다
네모 네모 그리고 네모
앞에서
전기통닭구이가 돌아가는 파란 트럭을 몰던
아빠 눈의 푸르죽죽함 빛을 잃던 아빠의 얼굴
이제는 없는

훔친 포도를 씨까지 씹어 먹으면 이빨이 깨졌다

129

그걸 알면서도 멈출 수 없는 마음
낯선 사람이 가장 친숙한 얼굴로 바뀌는 마음의 마법

그에게서는 입에 닿은 스텐 컵 냄새가 났다
그에게서는 다친 새의 부리에 종일을 쏟아부은 주먹이 보
였다
그에게서는 일생의 절반을 훔쳐 간 기계의 쇠 비린내

비닐을 덮어두면 병은 안쪽에서 울기 시작할 거야

작은 병을 땅에 묻었다
병 속에 흙을 집어넣었다
우리가 게임 속에서 죽인 너무 많은 캐릭터와
학교를 빠지고 달아나던 골목들

입술을 대도 투웃 훗 소리를 내지 않을 것이다
흙을 집어넣었다
병이 흔들리지 않도록

너하고 나하고 두 손으로 꼭 붙들고

손톱 밑으로 가득히 불개미가 번질 때까지

밤 산책

우리는 왜 거미의 집을 줄이라고 부를까

치통이 오는 동안의 아린 입속
숟가락질 각도만큼 쌀이 떨어졌다
다리가 껑충한 엄마는 목이 너무 움츠러든 엄마는
날파리가 걸려들 때마다 온통 진동하는
우리 집

창살이 조밀한
창문 너머 전봇대 너머
고물상 리어카 너머
우쭐우쭐 던져보는 시커먼 고무 밧줄들 너머
돌연 엄마를 벗어던지면
어딘가에서 돌아간다는 대관람차와 회전목마
회양목에서 회양목까지의 거미집은 장우산으로 걷어내고
하얀 목소리로 내달려도 된다는
테마파크의 퍼레이드

어둠이 아직 덜 말랐을 뿐인
집 근처를 맴돌았다
양지와 응달의 기온차가 바람을 만들어 내서
일 초에 한 번씩 바람에 시력을 앗겼다
고개를 들 때마다
시야 가득

거미의 집

완성은 없다 바람이 그 집의 재료고
거기서부터 시작한다
배꼽이 끈끈한 엄마의 한숨 소리

지저분한 끈을 밟으며 간다
한길로 걸으면서 동시에
도처에 흩어지는 태도로

잊을 수 없는 당신, 전태일

표
성
배

아침, 아침이 내게 오롯이 오는 것만으로도 행복이라고 쓴 편지를 부치는 시간입니다 어느 날은 내가 부친 편지가 공장 정문 통제실을 통과하지 못하거나, 밤을 꼬박 지새우고도 채 우지 못한 생산량에 걸려 넘어지거나, 피곤한 몸을 이끌고 들어선 텅 빈 방이 너무 환하다거나 하는 날이 있기도 합니다마는, 그래도 매번 아침은 찌푸린 하늘처럼 구겨졌다가도 합포만을 은빛으로 물들이는 윤슬의 등을 타고 듬성듬성 출근하는 동료들과 눈인사를 건네다 보면, 언제 그랬냐는 듯 환해집니다 밤새 작은 사고 하나 생기지 않고 이런 아침을 맞기만 해도 벅찬 일인데, 하물며 출근한 아내나 학교에 간 아이들이 보낸 문자를 받기라도 하면, 이런 날은 어김없이 당신을 생각합니다 오늘날 대한민국에서 살아가는 노동자 한 사람 한 사람이 전태일을 밟고 지나가지 않는 노동자가 있을까요 한 그릇 밥을 앞에 둔 노동자라면 전태일, 이름 석 자 밥상에 올리지 않는 이가 있을까요 그런데 그런 당신이 꿈에 잘 나타나지 않는다고 합니다 당신을 잊는 날이 더 많다고 합니다 배반의 시대가 아니고서야 어찌 당신을 잊을 수 있겠습니까 당신이 몸과 마음으로 외쳤던 처절한 몸부림이 이 땅 노동자에게는 맑은

구원의 목소리였다는 것을 누가 부정할 수 있겠습니까 예수의 사랑도 부처의 자비도 개뿔이 된 시대라고 하지만, 밥 한 그릇 앞에 놓고 한국노총과 민주노총으로 정규직과 비정규직으로 심지어 5인 미만 사업장이라는 근로기준법의 사각지대에 놓여 있는 노동자까지 갈가리 찢어진 이 시대를 무엇이라고 불러야 할까요 이 잔인한 시대, 누구는 주5일 근무에 휴일을 즐기는데 누구는 주야 맞교대 작업에 생산량을 맞춰야 하는 이 어처구니를 어떻게 설명할 수 있을까요 사실, 어떤 노동자에게는 당신이 필요 없는지도 모릅니다 하지만, 아직도 당신을 깃발 맨 앞에 세우는 노동자가 이 땅에는 넘칩니다 당신 이름 석 자를 입에 올릴 수 없는 노동자도 넘쳐납니다 이게 1인당 국민소득 3만 달러에 GDP 세계 10위, 세계 무역 규모 8위 국가라는 걸 어찌 믿을 수 있을까요 야간작업을 마친 지친 몸으로 서로 인사를 건네며 아침을 맞바꾸는 시간입니다 이런 노동자들에게는 '우리는 기계가 아니다'라고 외쳤던 당신의 간절함이 너무 멀게만 느껴지는 아침입니다

전태일은 없다

철공소
1979년, 열다섯 살
한 아이가 비 내리는 질퍽한 길을 걸어
공장에 출근하고 있다
공장 문을 들어서자, 장작불이 먼저 반겼다
일 시작 종소리와 함께 윙윙거리는 기계 소리
번쩍번쩍 용접 불빛
기계 앞에 가시덤불처럼 쌓여 있는
날카로운 칩이 시퍼렇게 독이 올라
아이 작은 가슴을 휘감았다

기술자 형들 악다구니와
빡빡머리 시다들 서열과
반짝반짝 빛나는 생소한 공구들 속에서
하루 일당 1,300원 아이 꿈은
기술자라는 꽃을 피우는 것이었지만,
안전화도 안전모도 정해진 작업복도 없는
아이 몸에서는 봄꽃보다 먼저

핏빛 기름 꽃이 피었다

고향 산과 들판을 뛰어다녔던
푸른 가슴에 단단한 쇠뭉치가
반짝이는 쇳가루가
검은 용접 연기가
기름꽃으로 피고 지기를 몇 년
아이는 어엿한 노동자가 되었다
그때야 아이는
야간 중학교에 다닐 수 있었다

야간 중학교에서
전태일 이름 석 자를 들었을 때
아이 옆에는 야학 선생님이 어린 누이가
가슴 넓은 형이 속 깊은 누나가
작은 가슴을 따뜻하게 안아주었다
그때부터 아이는 공장에서
어린 시다 등을 두드려줄 줄 알았다

1970년 11월 13일
그가 어린 여공들을 위해
불의와 부당함에 맞서 사용자와 국가 권력을 향해
온몸으로 횃불이 되어 외쳤던
맑은 영혼의 목소리가
아이가 다니는 철공소에도 들렸다
이때가 1983년이었다

그 후 아이는 자라
전태일 이름 석 자를 가슴에 새기고
그가 가고자 했던 길이 어떤 길인지
누구보다 먼저 공장 문을 열고
누구보다 늦게 공장 문을 닫으며
근로기준법을 읽었다

화두처럼 놓지 못한
노동자는 누구인가?

전태일 당신은 누구인가?
당신의 영혼이 된 노동자는 진정 당신의 친구인가?
그 노동자가 사는 나라
대한민국 2023년
오늘도 당신 마지막 목소리가
노동자 귓가에 맴도는데
아직도 철공소에는 당신이 없다

근로시간이 줄고
노동자 복지가 귀족노조가 어떻고 하지만
특수직 노동자나
5인 미만 사업장 노동자에게는
1970년이나 2023년이나
변함이 없다

캄캄한 절벽 같은 노동자 길 앞에
반듯한 이정표를 세우고자
스스로 단단한 돌이 된 전태일

그 돌 앞을 또, 한 아이가 무심하게 걸어
공장 문을 들어서고 있다

양회동[*]

허은실

남색 조끼를 입은 사내들이
한 테이블 차지하고 막걸리를 마신다
건배를 하는 팔뚝들이 벌써 왁자하다

즉석 노래자랑이 시작되고
사회자가 조끼들을 불러낸다

노가다라 비웃으며 욕하지 마라
나에게도 아직까지 청춘은 있다

핏대 세운 아빠의 청춘은 흥겨운데
조끼 등짝에 새긴 글자들 탓인가
철 지난 노래마저 투쟁가 같다

열사 정신 계승!
건설노조 탄압 분쇄!
강압수사 책임자 처벌!
검찰독재 타도!

한 달 전 몸에 불을 당긴 그는
쌍둥이의 아빠였다

제2공항 반대 투쟁기금 모금을 위한 후원주점
공항이 건설되면 가장 반길 사람들이
반대를 위한 투쟁기금을 보태러 왔다

원더풀 원더풀
노가다 막춤을 추며
건설적으로 한 곡 뽑는 저들 사이에도
힘찬 팔뚝질 하며 노래 부르는
그

나에게도 아직까지 꿈이야 있다
브라보 브라보
철근공 아빠의 청춘

* 2023년 5월 1일, 경찰의 강압 수사에 맞서 분신한 고 양회동(건설노조 강원지부 제3지대장) 씨는 유서에 "항상 동지분들 옆에서 힘찬 팔뚝질과 강한 투쟁의 목소리를 높이겠습니다"라고 썼다.

1

죽은 자의 휴대폰에서 1이 걸어 나온다

식탁에 앉은 그는 키보드를 두드린다
창밖은 영원히 수신되지 않는 안부

문장 바깥에서 1은 홀로 서성인다

저기 1이 누워 있다, 초여름 지하철 승강장에 1이 있다, 발
코니 난간 위에 있다, 컨베이어 벨트 사이에, 타설 콘크리트 속
에, 타워크레인 철탑 위에 1이 있다, 아침 교단 위에 있다, 제
빵공장의 반죽 안에 1이 있다

유리에 새긴 칼자국
휴대전화 카톡 창에 또 1이
사라지지 않는다

1에 1을 잇대어 조이면 나는 계단
본체가 완성되면 해체되는 1은
허공을 디딘다

바닥으로 떨어져 내리는 1
한 번도 누워본 적 없는 높이를 상상한다

나는 소리 없는 1의 유언을 들었다
혼자선 못 하겠어요
죽음이 죽음을 덮어쓰기 한다

카톡 창엔 영영 사라지지 않는 1
조문할 방법을 찾을 수 없다
1의 밖에 갇힌 나는
주먹을 감아쥔다

저기 1이 있다, 죽은 자들의 휴대폰에서 1이 걸어 나온다,
막 태어난 1의 곁에 1의 곁에 1의 곁에 1의 곁에 1이, 목책처
럼 둘러선다, 어깨를 걷고 거리를 걷는다
　저기, 온다

푸른 가까이

허
유
미

고래가 나를 바라보던
바다 한가운데 왔을 때
고래는 죽어 있었다
바다가 처음 터트린 울음처럼

별일 없겠지
바다가 푸르니
고래도 푸르겠구나
푸른빛에는 불안이 오지 않는다

바다는 우리 것이어서
섬과 섬은 엉킬 수가 없어서
위로가 된다고
고래는 눈을 떼어주며 붙잡았지만
내 것 없이 사는 건
부끄러움과 권태가 자랑이다

여러 해 동안 엉켜 있는 이력서 속에

자기 것이 많은 사람들과
색이 없는 저녁을 먹고
빛과 그림자처럼 섞을 수 없는 말을 하고
모욕, 두려움, 혼잡으로
위대하지 않은 하루는 없었는데

기억에 남는 건 푸른 바다 고래뿐
우린 바다의 일부로 태어났다는 고래의 말뿐

바다에 드니 알겠다 깊은 바다일수록
같이 꿈을 견딘다

4월과 11월

나는 섬의 심장
너는 뭍의 심장

나는 파도보다 높은
너는 바람보다 강한

나는 울음이 바다를 건너도록
너는 외침이 산을 넘도록

나는 바른 주먹을 위해
너는 바른 행보를 위해

나는 들판을 달리며
너는 거리를 달리며

아침은 눈물을 저녁은 주검을
정오의 붉은 해는 깃발을 힘껏 잡아당기고

옆구리에 아이를 끼고
등에 친구를 업은 채

나는 소리 없이
너는 얼굴 없이

뜨거운 시간의 이름
나와 너

피로 지은 집

황
규
관

높은 집은 피로 지은 집
노동자가 떨어져 죽어야
간신히 한 층이 올라가는 집
또 무너져서 길을 덮치고
음악을 들으며 지나가는
중학생 아이가 지워져야 완성되는 집
살아 있는 목숨이 낮아져야 높아지는 집

20년을 넘게 살고 있는 이 아파트 자리가 옛날에는 무엇이
었냐고 친구에게 물은 적이 있다 강물 안쪽에서부터 저 고개
아래까지는 모두 논이었대 소금 가마니를 지고 오던 사람이
고갯마루에 지게를 받치고 내려다본 눈빛 때문에 동네 이름이
생겼다는 말이 있어 나도 어릴 때 아버지에게 들은 말이야 아
마 아버지는 할머니에게 들었겠지 목덜미와 등짝의 땀이 식으
면서 얼마나 깊은 평화를 느꼈겠어 그러다 마저 가야 할 길이
벌떡 일어났을 거야

내가 사는 낡은 아파트도

150

올챙이와 미꾸라지와 종다리의
피로 지은 집
잠자리와 메뚜기의 보금자리를
철거하고 올린 인간의 집
아파트 창문에 비친 붉은 노을도
들판에게서 빼앗은 것이다

세상의 모든 높은 집은 피로 지은 집
낮은 목숨들의 절명으로 지은 집
땅을 파서 지하수를 끊고
겨울잠을 자던 뱀 가족을 내쫓고
나비의 애벌레들을 죽이고 지은 집
노동자의 헛발로 완성된 집
그리고 모든 게 비용으로 처리된 집

나는 여기서 두 아이를
나보다 크게 키웠다

오막살이 집 한 채*

―전태일의 옛집에서

노예 생활을 박차고 떠난 민족은
광야에서 40년을 살았습니다
방황과 분열과 굶주림과 투쟁의 나날이었습니다
기계임을 거부하며 제 몸에 불을 붙인
한 청년은, 중음신으로 50년을 살았습니다
젖도 없고 꿀도 없는 50년이었습니다

그래서 죽어서도 살 수가 없었지요
죽어서도 차마 죽지 못했습니다
스스로 죽고도 죽을 수가 없었습니다
뇌성번개에 작은 육신을 태우고도
영혼이 꺾이지 않았으니까요

자고 나도 노예이고 잠을 못 이뤄도 노예이며, 싸우면
싸울수록 기계가 되는 이승의 세월을
저승에서도 굴리고 있었던 겁니다
그게 벌써 50년입니다
깃발로 살아온 50년입니다

고공농성으로 펄럭인 50년입니다
피로 노래를 만들고
노래로 다시 피를 만든 50년입니다

몸 없이 살아온 50년 동안
집 없이 살아온 몇 해를 더 보태봐도
아직 바다는 멀고 강물은 몸을
비틀고 떨고 기며 바윗덩이를 굴리고 있습니다

이 모든 것은 오막살이에서 시작되었습니다
오막살이가 그것을 가능하게 했고
오막살이만이 마르지 않은 샘물이었습니다
그래서 우리는 아직도 광야이고
광야이어야만 하며, 광야를 떠도는 바람으로
겨우 지어진 오막살이입니다

전태일, 그대가 다시 돌아와
이 마루에 걸터앉아 쬐고 있을 햇볕도

아직 여기에서는 끝나지 않은 채찍입니다
몸속을 파고드는 불꽃입니다
굴리고 굴려야 할 바윗덩이입니다**

하지만 새로운 시작입니다
불평등의 시간을 가로지르고
차별과 원망과 거짓 언어를 걷어내며
아귀다툼과 욕망의 분배 따위를 태워버리는
적도의 강렬한 태양입니다
수평선 너머의 수평선
깊이를 알 수 없는 심해입니다

아무도 가보지 못한 태풍의 복판
어깨와 어깨를 부르는 파도
기계와 기계의 동맹을 휩쓸고 난 다음의
달빛 가득한 마당입니다

영원한 오막살이입니다

오막살이와 오막살이가 이루어낸 평화이고
오막살이와 오막살이 사이로 흐르며
별자리를 만드는 웃음입니다
오막살이 집 한 채가 우리의 거대한 시작입니다

* 2020년 11월 12일, 대구에 있는 전태일이 살던 집에서 낭송했다. 이 집은 대구 시
민들이 모금을 통해 구입했다.
** 청옥 시절의 친구들에게 남긴 마지막 편지 형식의 유서를 일부 가져왔다.

법을 넘는 시

─전태일이라는 기원

박수연 문학평론가

1. 벌거벗음

시의 언어가 대상에 대한 그칠 줄 모르는 바람에서 나타난다
는 사실이 이제는 상식이 되었다. 은유가 사라져버린 대상의
직접성을 대체하는 언어라는 사실도 그렇고, 환유가 한 대상
에서 다른 대상으로 끝없이 미끄러지는 언어라는 사실도 그렇
다. 그 바람이 시인의 마음에서 일어나는 사건이기 때문에, 나
무에서 일어나는 바람은 시인의 마음에서 흔들리는 생각이고,
나무에게 밀려오는 바람도 시인의 옷깃을 흔들어 마음을 움직
이는 존재에 대한 생각이다. 시의 화자가 거의 대부분 시인 자
신인 것으로 여겨지는 것은 그 때문이다. 그렇다면 시는 그칠

줄 모르는 결핍과 부재로 인한 언어라고 해도 될 것이다. 이것을 '아름다운 부재'라고 할 수 있기 위해서는, 몫이 없는 자에게 복이 있다는 신학적 설명 말고, 넘어야 할 몇 개의 문턱이 필요하다.

전태일이 지상에 마지막으로 남겨놓은 육성은 '배고프다'였다. 그의 참혹한 신체가 고통 속에서 느낀 감각이 배고픔이기 때문에 이 단어는 참혹한 삶의 사이마다 솟아올랐을 구체적인 상징으로 읽혀야 한다. 죽어가는 사람이 느낀 그 몸의 감각은 세계를 향해 이루 말로 다 할 수 없는 절실함의 표현일 텐데, 동시에 그것은 그의 몸이 가장 깨끗한 상태로 자신의 내부를 비워둔 상태나 행동의 표현이기도 하다. 그것은 세계의 모든 얼룩과 때가 떨어져 나가서 이제야말로 진정 그 몸이 바라는 것으로 채워지기를 기다리는 마음의 표현일 것이다. 병상 위의 그의 온몸은 붕대로 칭칭 감겨져 있었지만, 사람들에게 그의 몸은 더 이상 아무것도 감겨져 있지 않은 그을린 알몸이었다. 세계는 흰 붕대 속에 있는 그의 검게 탄 비가시적인 알몸을 볼 수 있을 뿐이었다. 그는 자신의 몸을 불로 감싸 안음으로써 이미 신성모독을 범한 상태였고, 그래서 신의 은총을 더 이상 두르고 있지 않은 상태였다. 전태일이 '완전한 결단이라고 자신의 계획을 마음에 새기고 있을 때 만났던, 그와 함께 있었던 목사는, 그가 불꽃과 함께 세상을 떠났을 때 그를 불신자에 지나지 않고 빨갱이들을 도와준 사람이라고 비난했지만,

전태일의 이 신성모독은 세상의 모든 옷을 벗어버리는 행위였다. 이때 배고픔은 세속의 모든 때를 벗어버리는 행동이다.

비가시적인 검게 탄 몸을 보면서 사람들은 절망적인 부끄러움의 밑바닥으로 떨어졌다. 다음은 1970년 대학생들의 반응이다.

"'나에게는 왜 대학생 친구 하나 없는가! 이럴 때 대학생 친구가 하나 있었으면 얼마나 힘이 될까!' 이렇게 한탄하며 근로기준법을 연구하던 전태일 선생. 아아! 부끄럽고 수치스럽구나! 이 영웅적인 투사의 죽음을 방관한 우리는 죽고 싶구나. 우리는 선생 앞에 고개를 들 수가 없구나!" (서울시내 각 대학 학생회 일동, 「전태일 열사의 유지를 받들며」, 1970.11.20.)

스스로 몸의 안팎을 벌거벗겨 세계 앞에 선 존재는 전태일인데, 부끄러움을 느낀 사람은 그가 아니라 그와 함께 살았던 시대의 학생들이었다. 현실과 달리. 낙원에서 부끄러움을 느낀 사람은 행동의 주체인 아담과 이브이다. 이를테면, 낙원에서는 그 행동을 수행한 사람과 그렇지 않은 사람이 명확히 구분되는데, 신의 말을 어겨 벌거벗었다는 사실을 알게 된 사람은 부끄러움을 아는 사람이고 그렇지 않은 사람은 부끄러움을 모르는 사람이다. 이 나와 타자의 명확한 구분은 종교적 축복과 징벌의 전제이기 때문에 인류 역사의 수많은 전쟁이 바로 그 사랑의 종교 때문이었다는 사실도 우리는 잘 알고 있다. 전태일은 이와 다른 반응과 행동을 불러왔다. 그의 벌거벗음은 그의 검은 몸을 봐야만 했던 사람들을 부끄럽게 했고, 죽고 싶을 만큼 울게 했던 것이다.

주체와 타자가 전도된 이 사건의 출발이야말로 시적 사건이 전개되는 모습의 상징이라고 말할 수 있을까? 전태일은 분신 1년 전에 그의 수기에서 이 상징의 기반을 만들어두었다.

친구여. 나를. 아는. 모든. 나여.

부탁이 있네. 나를. 지금. 이 순간의 나를. 영원히. 기억해주기 바라네. 그러면. 뇌성번개가. 천지를. 무너뜨려도 하늘이. 바닥이 빠져도 나는. 두렵지 않을 걸세. 그 순간. 무엇이. 두려워야 된단 말인가. 두려워서야 될 말인가. 도리여 평온해야 될 걸세. 조금이라도 두려움을 가진다면. 나는 나를. 버릴 걸세. 완전한 형태의 안정을. 요구하네. 순간 그 순간만이 중요한 거야. 그 순간이 지나면. 그 후론. 거짓이 존재하지 않네. 그 후론. 아주 안전한. 완성된. 百일세. 그 순간은. 영원토록 존재하는 거니까. 전후는 염려 없네. 그리고 그 순간은. 향기를. 말하는. 백합의 오후였다. 고. ― 이야기를. 나누게. 그리고 내 자리는 항상. 마련하여 주게 부탁일세. 테이블 중간이면. 더욱 만족하겠네.

그럼. 이만 작별을 고하네. 안녕하게.

아 너는. 나의. 나다 친구여. 만족하네. 안녕.

전태일 일기. 1969년 11월

글자 하나하나마다 마침표를 찍는 행위는 전태일이 오래
망설이며 그 단어들을 생각하고 온 힘을 기울여 선택한 것이
었음을 알려준다. 마침표가 제 자리를 넘어까지 사용되는 이
형식화를 고려해서 우리는 우선 '선택'이 아니라 '온 힘'에 주
목해야 한다. 모든 단어 선택의 결단은 의지의 결과이다. 결단
의 순간이라는 사건 자체 혹은 단어를 통한 의미 자체의 현현
이 있기 때문이다. 이 순간을, 이런 말이 가능하다면, 의미의
기원으로 출발하는 시적 의지의 순간이라고 해도 될 것이다.
모든 삶의 기원을 찾아 나서는 의지가 찰나에 있다고 할 수도

있다. 이 '결단'과 '순간'이라는 말 때문에 그 결단을 행하는 순간의 주권적 권력자를 떠올리는 것[1]은 한국의 오랜 독재 권력을 경험했던 사람들에게는 필연적인 일인데, 전태일은 그 우려를 사뿐히 넘어선다. 그는 노동자들의 실상을 호소하는 탄원서에서 대통령을 국부로 표현하는 인식을 보여줌으로써 당대의 예속적 앎이 얼마나 광범위한 것이었는지를 알려주고 있지만, 동시에 그 '신의 은총'과도 같은 예속적 앎의 베일을 결단의 실행 순간에 불태워버림으로써 자신뿐만 아니라 다른 사람들을 해방시켰던 존재였다. 그런데 그가 그 결단의 순간을 실행하는 존재를 '나'에서 '친우-너'인 '나'로 이동시키는 순간이야말로 바로 시적 의지의 찰나라고 할 수 있는 것이다. 마침표의 온 힘이 이렇게 나타날 것이다. 그리고 이 순간은 다만 구체적 순간 자체의 일회성이 아니라 안정적인 영원으로 지속된다고 그는 썼다. 영원성의 지속이야말로 결단에서 촉발되지만 결단의 의미를 모든 사람들에게 공유시켜 안정화하는 근거이다. 시에서 이것을 공유하는 방법은, 비유의 감동으로 매번 의미를 차이화하면서 시 전체를 비끄러매는 것이다. 시 안에 한데 묶이는 존재들에는 차이화된 의미뿐만 아니라 시인과 독자, 독자와 독자도 포함될 것이다. 차이화의 전략은 나를 너로

---

1) 나치의 헌법학자 슈미트는 예외 상태를 통한 주권적 결단의 순간을 권력자에게 위임하는 정치를 강조한다.

이어놓음으로써 성공하고, 시에는 위 전태일의 일기처럼, 온 힘들의 내재율이 독자마다 만들어지게 된다.

다음, 위 수기에서 눈여겨볼 것은 마침표를 통해 모든 단어들이 각각 개별적인 존재로 살아남는다는 사실이다. 문장은 여러 단어들로 전체를 이루는데, 그 단어들 모두가 하나하나의 발음으로 힘주어 읽혀야 한다고 마침표는 주장한다. 단어들은 전체의 부분이면서 하나하나 의미를 이루는 생명체이다. 전태일이 이룬 결심의 처음과 마지막에 있는 문장이 중요하다. "나를. 아는. 모든. 나여"와 "너는. 나의. 나다 친구여"는 세상의 모든 존재가 그의 친구이고 그래서 그에게 그의 희생은 각각의 친구들에게 다시 돌아가는 통로를 만드는 길이라고 그는 믿었다. 전태일은 이 결단을 직접 죽음으로 실행하기 직전의 유서에서 다시 한 번 반복하고 있다. 그로써 결단은 충동적인 것이 아니었음이 증명된다. 결단은 그가 만들고 싶었던 세계의 형상으로 건너가려는 의지이고, 그 세계 이월의 의지야말로 그를 친구들에게 이어놓는 지평이었다. 전태일이 놀라운 것은 그 의지를 '나를 아는 너' 뿐만 아니라 '나를 모르는 너'에게까지 확장하고 있다는 사실이다. 유서의 첫 부분이 그 사실을 알려준다.

내 사랑하는 친우여 받아 읽어주게.
친우여 나를 아는 모든 나여

나를 모르는 모든 나여

부탁이 있네 나를 지금 이 순간의 나를 영원히 잊지 말아주게

그리고 바라네 그대들 소중한 추억의 서재에 간직하여 주게

유서는 살아 있고 싶은 생각, 잊혀지지 않고 싶은 마음을 기록하고 있다. 이것이야말로 한 외로운 서정적 존재가 세계에 말을 거는 시의 마음이라고 우리는 지금 말할 수 있지만, 사람들이 그를 살려내지 못했던 것은 그의 말이, 그리고 시의 언어가 항상 사후적으로만 도달하고 있기 때문이다. 사후적으로 도달하는 세계의 의미에 독자들이 미리 갈 수 있는 방법은 없다. 그래서 시인들은 항상 홀로 말을 하고, 전태일은 홀로 분신을 준비한다. 홀로 있기 때문에 전태일은 자신을 벌거벗겨야 했을 것이다. 그것만이 나를 아는 사람뿐만 아니라 모르는 사람에게도 나아갈 수 있는 최선의 방법이었을 것이다. 의미심장하게도 저 유서에는 문장의 마침표가 극단적으로 생략되어 있다.[2] 독자들은 이것을 영원히 문장을 끝내고 싶어하지 않는 마음의 작용 때문이었다고, 혹은 단어와 단어를 끝나지 않을 연속체로 이어놓음으로써 모든 홀로 있는 존재들의 연속

2) 평전에서는, 앞의 일기의 경우 마침표를 생략하고, 이 유서의 경우 마침표를 임의로 삽입하고 있다. 이는 평전 저자의 임의에 따른 것으로 보인다. 육필 수기에서는 본문에서 설명했듯이 거의 모든 단어에 마침표가 찍혀 있고, 유서에서는 마침표가 생략되어 있다.

성을 상징하려는 시도였다고 해석할 수도 있다. 죽음을 넘어서는 검게 벌거벗겨진 존재가 되어 전태일은 사람들을 부끄러움이라는 감정으로 밀어 넣고 있기 때문이다. 그리고 그것이 이 참혹한 세계 너머의 다른 의미로 사람들을 이끌어 간다. 시적 발견은 이렇게 항상 고통스러운 현실 가까이에서 이루어지고 있다.

벌거벗음을 알고 느낀 부끄러움은 신의 말을 어긴 벌거벗음 자체 때문이 아니라고 일부 신학자들은 설명한다. 그것은 오히려 신의 은총을 벗어버렸다는 사실을 알게 된 존재의 부끄러움이다. 선악과를 먹고 인간이 알게 된 최초의 지식은 결핍과 부재에 대한 인식이라고 설명한 후, 아감벤은 그 부재의 인식이 사람들을 앎의 세계로 이끈다고 썼다. "이 최초의 지식에서 내용의 부재는 실상 이것이 무언가에 대한 지식이 아니라 오히려 순수한 지식 가능성에 대한 지식을 의미한다."[3] 최초의 지식은 자신의 모든 것으로부터, 신의 은총으로부터도 벗겨진 상태라는 사실 외에는 어떤 내용도 없는 지식이다. 그래서 벌거벗은 신체를 가렸던 비밀 너머의 세계에 대한 순수한 가능성을 깨닫는 자 또한 벌거벗은 사람이기 때문이다.

그런데 그 가능성이 전태일의 벌거벗음으로부터, 전태일의 검게 탔으나 비가시적인 몸을 보고 비로소 부끄러움을 느끼는

3) 조르조 아감벤,『벌거벗음』, 김영훈 옮김, 인간사랑, 2014. 131쪽.

사람들로부터 시작되는 것은 그들이 바로 '나(전태일)를 아는 나(친구)' 혹은 '나를 모르는 나'이기 때문이다.

2. 불타는 법

그는 1969년 8월 9일의 일기에서 '완전에 가까운 결단'을 말하고, 그것이 그의 동료들에게 돌아오기 위한 것이라고, 그를 위해 자신의 모든 것을 다 바치겠다고 말하고 있지만, 그는 벌써부터 돌아오고 있는 사람이었다. 아마 모든 것과 함께 돌아오는 중이었다고 말해도 될 것이다. 모든 것을 다 바친다는 결심은 모든 것을 버린다는 것을 의미했고, 실제로 그는 불속에서 근로기준법과 함께 자신을 불태웠다. 그는 그의 신체와 근로기준법만을 태운 것이 아니었다. 그는 불속에서 법을 태움으로써 불이 가진 힘으로 저 신성한 세계를 불러오는 중이었다. 그 세계는 법 초월적 세계 즉 이미 불타버려 쓸모를 잃은 법을 넘어선 세계이기도 하고 법을 벗겨버린 세계이기도 할 것이다. 그 세계에서는 법을 지키라고 말할 필요도 없는데, 지켜야 할 법이 없기 때문이다. 그는 법을 넘어 이 세계의 저편으로 가버렸지만, 여전히 이 세계가 불타고 있는 순간에 그가 걸어가버린 자세가 계속 호출되고 있기 때문에 그는 이미 돌아오고 있는 사람이었다. 그렇지만 돌아오는 사람은 언제나 새로운 모습으로 돌아온다는 것을 기다리는 사람들은 이미 잘 알고 있다. 옛 모습을 기다리며 새로운 모습을 각오하는 일이 곧 세상의 이치이고 시를 읽는 마음이다. 그리고 이때 기존의 규칙을 넘는 발견이 도래한다. 이 발견이야말로 모든 불태움의 이유라고 할 수 있다.

발견의 순간을 영원히 잡아두려는 마음을 표현하는 데 성공한다면 시 또한 그와 함께 돌아올 수 있을 것이다. 시는 씌어질 때마다 무엇인가를 넘어서려는 마음이나 정신의 흐름 속에 있기 때문이다. 그런데 도대체 시적 발견은 왜 매번 일어나야 하는 것인지를 우리는 물어보아야 한다. 왜 시의 언어는 아침과 점심, 저녁과 한밤중에 항상 다른 의미로 독자들에게 다가오는지, 시가 어떻게 기존의 법을 넘어서는 행위와 동일한 것인지 질문해야 한다는 것이다.

라캉의 정신분석학은 시가 '존재의 변증법'을 탐색하는 언어이고 법 이전의 언어로 돌아가는 행위라고 말해준다. 요컨대 아버지라는 이름의 법이 지시하는 의미, 즉 상징적 권력을 소유한 사람들의 변증법을 넘어 시인들은 자신의 원초적 세계에서 자신의 언어로 존재했던 의미를 찾아내려 하는 사람들이다. 시가 사람들을 움직이도록 할 수 있는 것은 그렇게 원초적 의미의 지평으로 그들의 언어가 소급 작용하는 때이다. 시로 경험하는 마음의 떨림이 이렇게 언어를 통해 만들어진다. 그리고 이때 '나를 아는 나'와 '나를 모르는 나'가 타자의 이름으로 시적 주체와 합류한다. 이것은 물론 의식하지 못하는 사이에 이루어지는 사건인데, 전태일은 그것을 분명히 알고 있었다. 그는 유서에서 친구들의 회합에 참석하는 분신 이후의 자신을 상상하여 다음과 같이 썼다.

그대들이 아는 그대 영역의 일부인 나. 그대들의 많은 좌석에 보이지 않게 참석했어 미안하네. 용서하게 테이블 중간에 나의 좌석을 마련하여 주게. 원섭이와 재철이 중간이면 더욱 좋겠네. 좌석을 마련했으면 내 말을 들어 주게. 그대들이 아는 그대들의 전체의 일부인 나.

그는 이미 돌아와 친구들 옆에 아무도 몰래 존재하고 있는 것이다. 이것은 누구도 알지 못하는 의미의 기원이 이미 사람들의 가까이 놓여 있음을 가리킨다. 실로 죽음 이전에도 전태일은 검게 그을려 벌거벗은 몸이었지만 흰 붕대 때문에 누구도 그 몸을 볼 수 없었다. 그의 배고픔을 사람들이 볼 수 없었듯이 그의 완전한 결단도 볼 수 없었다. 그렇지만 그는 저 비가시적인 몸의 의미로 사람들 옆에 언제나 돌아와 존재하고 있는 것이다. 이 존재함과 함께, 법을 불태웠던 전태일이기 때문에, 세계는 법 이전의 존재의 변증법으로 돌아갈 준비를 하게 된다. 이 언어가 바로 시적 발견에 해당한다. 그것은 모든 상징적 법을 벗어버림으로써 가능한 발견이다. 이 벌거벗음이 죽음을 넘어서기까지는 모든 시의 언어들은 언제나 새로운 의미로 사람들을 만나야 하고, 아침 점심 저녁의 의미가 차이 나는 이유는 그 때문이다. 시는 완전한 결단의 죽음 앞 바로 이전까지 계속 새로운 의미로 거듭나야 한다.

전태일이 그의 몸의 신호를 문자로 기록해두기 시작할 때부터 '배고픔'은 핵심적이었다. 그는 가난 때문에 가출해서 도착한 땅 부산에서 배고픔 때문에 쓰레기를 주워 먹으려다가 파도에 휩쓸려 기절한 적이 있다. 이 배고픔은 그의 삶의 가장 구체적인 경험이지만, 그의 생애 전체에서 가장 극단적인 사례이기도 하다. 그의 몸은 이미 그의 내부에서 온통 벌거벗기 시작하고 있었던 것이다. 그가 불꽃과 함께 죽던 날도 그는 라면 하나만을 먹은 상태였다. 이렇게 내부에서 평생을 벌거벗었던 전태일은 죽는 순간에는 그가 입고 있던 옷을 불태워 벗어버려야 했다. 평생을 그는 정신마저도 벌거벗어야 했을 터이다. 그는 불에 그을린 상처의 화기가 불러오는 고통으로부터 벗어나기 위해 진통제가 필요했지만, 값비싼 주사제를 사려는 가난한 어머니를 대신해줄 보증인조차도 구할 수 없었다. 불에 탄 전태일의 살점이 녹아가는 것을 보면서도 현장에 있던 근로감독관은 자신이 무엇 때문에 보증을 서느냐며 어머니의 부탁을 외면했다. 이것도 하나의 상징이다. 그 근로감독관도 노동자들을 보살핀다는 명분의 직업이었기 때문이다.

그가 자신의 몸을 던져 사람들에게 바친 불꽃을 나답과 아비후의 불꽃이라고 손가락질하는 사람들도 있었다. 전태일을 비난했던 목사가 그런 부류의 사람들일 것이다. 그들은 그들이 속한 세계의 고통과 그것을 바꾸려는 전태일의 고통을 전혀 이해하지 못하는 사람들이었다. 이 몰이해는 국가의 것이든 하나님의 것이든 가리지 않고 법이라는 말로 잠식된 부류가 보여준 행동 유형이다. 그곳에는 법의 서사만 있을 뿐이었다. 더구나 그 법의 서사는 권력의 효용에만 기능하는 것일 뿐 전태일과 같은 사람들에게는 쓸모없는 글자들에 지나지 않았다. 그런데 그 법의 기원에 인류를 만든 '불'의 신비가 있다는 사실은 하나의 상식이다. 전태일은 불을 피워 법의 글자들을 모두 태워버렸다.

전태일이 고통받는 친구들에게 돌아가기 위해 자신의 생애를 화염 속으로 집어넣었을 때, 불속에서 타올라 불꽃의 정상으로 올라간 것은 전태일만이 아니라 그를 바라보기만 해야 했던 사람들 전부였다. 세계의 모든 것이 일어나 그 불속으로 들어갔을 것이고, 불꽃의 정상에서 그제야 비로소 노동하는 사람들의 언어가 지상으로 내려오기 시작했다. 베냐민이라면 땅에서 일어나 전태일과 함께 날아올라가는 것은 파국의 잔해 더미들이고, 내려오는 것은 혁명의 언어라고 말했을 것이다. 전태일의 몸이 세상의 잔해 더미들을 이끌고 불속에서 일어나 올라가기 시작했을 때, 사람들의 신음이 내려오기 시작했는데, 그 신음이 곧 벌거벗어서 공유해야 할 감정의 공동체가 되는 노래였다. 1970년 이후 한국의 어떤 현대사는 이 노래를 시로 쓰는 행위이기를 마다하지 않는 역사였다. 이 역사의 주체들은 스스로 부끄러워하며 머리를 풀고 결단을 선택한 사람들이기도 했다. 그리고 이 결단은 모든 법을 넘어서는 행위이며 그 행위의 결과 개체들의 민주주의를 상상하는 결단이다. 법을 넘어선다는 의미에서 진정한 시쓰기는 정치를 넘어서야 할 의무를 가지고 있다. 그것이 지금 전태일을 시와 함께 이야기하려는 의도의 핵심이다. 파국과 혁명의 시를 기다리는 정치는 지금 한국의 어디에도 없는데 그렇다면 시인의 귀에 도달해야 할 정치가의 목소리가 지금 한국에는 없다는 말이 된다.

이 정치에 거리를 두고 다른 세계를 상상하는 시인은 언제나 자신이 만드는 작품의 성취 때문에 긴장할 수밖에 없다. 아마 불의 단련을 거쳐 도구를 만들었던 시대부터 긴장은 시작되었다고 할 수 있다. 이 도구가 기원적인 힘에 의해 형상을 입는다고 사람들은 생각했을 것이기 때문에 기원과 연관된 불의 단련을 거치는 일은 범상한 것이 아니다. 전태일은 그것을 온 힘으로 선택해 수행한 사람이었다. 적당함 속에는 긴장이 없고, 긴장이 없으면 떨림이 없으며, 떨림이 없는 마음은 시인의 마음이 아니다. 그 시인은 지금 홀로 어딘가에 있을 것이다. 전태일이 완전한 결단 즈음에 썼던 수기에서 낱낱의 단어들마다 마침표를 찍는 마음을 드러냈듯이 지금 진정한 시인은 홀로 현실의 법치 너머로 건너간 후 단단한 언어들의 마침표를 준비하고 있을 것이다. 그게 우리 시대의 전태일의 모습일 것이다.

참여 작가

권선희
시집으로 『구룡포로 간다』 등이 있고, 산문집 『숨과 숨 사이 해녀가 산다』 『목
선과 사람들』 외 주로 해양 관련 서적을 출간했다.

권혁소
1984년 『시인』에 처음 작품을 발표했고 1985년 『강원일보』 신춘문예에 시 당
선. 시집으로 『다리 위에서 개천을 내려다보다』 『과업』 『아내의 수사법』 『우리
가 너무 가엾다』 등을 냈다. 제3회 강원문화예술상과 제6회 박영근작품상 수상.

김명기
2005년 『시평』을 통해 작품 활동 시작. 시집으로 『북평장날 만난 체게바라』
『종점식당』 『돌아갈 곳 없는 사람처럼 서 있었다』 등이 있다. 제22회 고산문학
대상, 제37회 만해문학상 수상.

김사이
2002년 『시평』으로 작품 활동 시작. 시집으로 『반성하다 그만둔 날』 『나는 아
무것도 안 하고 있다고 한다』 『가난은 유지되어야 한다』가 있다.

김주형
미술동인 〈두렁〉의 창립 동인. 1984년 경인미술관에서 〈두렁〉 창립전. 2002
년 인사갤러리에서 '디지털 판화' 개인전. 1980년대 민중판화운동과 걸개그
림, 만화 등의 민중미술 활동을 하였다. 출판 아트디렉터로 일하다 우즈베키스
탄에서 2년간 KOICA 해외봉사단 활동을 했다.

김해자
1998년 『내일을 여는 작가』로 등단했다. 시집 『무화과는 없다』 『축제』 『집에
가자』 『해자네 점집』 『해피랜드』가 있고, 민중구술집 『당신을 사랑합니다』와
산문집 『내가 만난 사람은 모두 다 이상했다』 『위대한 일들이 지나가고 있습니
다』, 시평에세이 『시의 눈, 벌레의 눈』을 펴냈다.

김형로

『국제신문』 신춘문예 당선. 시집으로 『미륵을 묻다』 『순비기 그늘』 등이 있다.
제9회 제주 4·3평화문학상 수상. 한국작가회의, 요산문학관 이사.

박수연

문학평론가. 1998년 『서울신문』을 통해 평론 활동을 시작했다. 문학평론집
『문학들』 외 다수. 현재 『문학의 오늘』 편집위원.

박승민

2007년 『내일을 여는 작가』로 작품 활동을 시작. 시집으로 『지붕의 등뼈』 『슬
픔을 말리다』 『끝은 끝으로 이어진』 등이 있다. 제19회 가톨릭문학상 신인상,
제2회 박영근작품상, 제5회 작가정신문학상 수상.

손택수

1998년 『한국일보』 신춘문예 당선으로 작품 활동 시작. 시집으로 『어떤 슬픔
은 함께할 수 없다』, 『붉은빛이 여전합니까』 등이 있다. 신동엽문학상, 조태일
문학상 등을 수상하였다.

송경동

2002년 『실천문학』 여름호 통해 작품 활동 시작. 시집 『꿀잠』 『사소한 물음들
에 답함』 『나는 한국인이 아니다』 『꿈꾸는 소리하고 자빠졌네』와 산문집 『꿈
꾸는 자, 잡혀간다』 등 펴냄.

송태웅

2000년 『함께 가는 문학』 시 부문 신인상을 수상하며 작품 활동 시작. 시집으
로 『바람이 그린 벽화』 『파랑 또는 파란』 『새로운 인생』 『배고픔이 고양이를 울
고 갔다』 등이 있음.

엄기수

북에디터로 일하며 시를 쓰고 있다. 2021년 『내일을 여는 작가』 신인상을 받
았다.

오현주

대학에서 문예창작학을 공부하고 쪽방상담소에서 활동하고 있는 사회복지사.

유현아

2006년 전태일문학상을 수상하며 작품 활동을 시작. 시집『아무나 회사원, 그 밖에 여러분』『슬픔은 겨우 손톱만큼의 조각』, 청소년 시집『주눅이 사라지는 방법』, 미술에세이『여기에 있었지』등이 있다. 조영관문학창작기금, 아름다운 작가상을 받았다.

이동우

2015년 전태일문학상을 수상하며 작품 활동 시작. 시집『서로의 우는 소리를 배운 건 우연이었을까』가 있다.

이산하

1982년『시운동』에 필명 '이륭'으로 작품 활동 시작. 시집『악의 평범성』『한라산』『존재의 놀이』등이 있고,『살아남은 자의 아픔』(프리모 레비) 등을 번역했다.

이설야

2011년『내일을 여는 작가』로 등단했다. 시집으로『우리는 좀더 어두워지기로 했네』,『굴 소년들』,『내 얼굴이 도착하지 않았다』가 있다.

이성혁

2003년『대한매일신문』(현『서울신문』) 신춘문예 평론 부문 당선. 평론집으로 『미래의 시를 향하여』『모더니티에 대항하는 역린』『사랑은 왜 가능한가』『시적인 것과 정치적인 것』『시, 사건, 역사』『이상 시문학의 미적 근대성과 한국 근대문학의 자장들』등 다수를 냈다.

이원규

1984년『월간문학』, 1989년『실천문학』을 통해 작품 활동을 시작했다. 시집으로『달빛을 깨물다』『돌아보면 그가 있다』등이 있으며, 제16회 신동엽문학상을 수상했다.

이정연

2014년, 세월호 사건을 보고 '10월문학회' 활동을 하면서 세상일에 관심을 갖게 되었다. 2017년『사람의 문학』으로 등단했으며, 시집으로『유리구슬은 썩지 않는다』가 있다. 20년째 중학교 국어 교사로 살아가고 있다.

이정훈

2013년 『한국일보』 신춘문예 당선. 시집으로 『쏘가리, 호랑이』가 있다. 현재 벌크 시멘트 트레일러(BCT) 운전.

이중기

1992년 『창작과비평』 가을호를 통해 작품 활동을 시작. 시집으로 『밥상 위의 안부』 『숨어서 피는 꽃』 『다시 격문을 쓴다』 『오래된 책』 『시월』 『영천아리랑』 『어처구니는 나무로 만든다』 『정녀들이 밤에 경찰 수의를 지었다』 등이 있다.

이철산

대구에서 공장노동자로 일하며 글쓰기를 하고 있다. 시집으로 『강철의 기억』이 있다. 제6회 전태일문학상을 수상했다. 대구 10월항쟁 역사 복원을 위한 글쓰기 모임 '10월문학회' 회원이다.

임성용

2000년에 전태일문학상을 받으며 작품 활동 시작. 시집으로 『하늘공장』 『풀타임』 『흐린 저녁의 말들』이 있고, 산문집으로 『뜨거운 휴식』이 있다.

조선남

1989년에 전태일문학상을 받고 『노동해방문학』에 작품 발표하기 시작했다. 시집으로 『희망수첩』 『눈물도 때로는 희망』이 있다.

최백규

2014년 『문학사상』 신인문학상 수상. 시집 『네가 울어서 꽃은 진다』, 시선집 『이 여름이 우리의 첫사랑이니까』, 동인 시집 『한 줄도 너를 잊지 못했다』를 출간했다. 창작 동인 '뿔'에서 활동 중.

최세라

2011년 『시와반시』를 통해 작품 활동 시작. 시집 『복화술사의 거리』 『단 하나의 장면을 위해』 『콜센터 유감』이 있다.

표성배

1995년 제6회 마창노련문학상을 받으며 시를 쓰기 시작했다. 시집으로『기계라도 따뜻하게』『은근히 즐거운』『내일은 희망이 아니다』『자갈자갈』『당신은 누구십니까』 등이 있으며, 산문집으로『미안하다』가 있다. 제7회 경남작가상을 받았다.

허유미

2016년『제주작가』신인상, 2019년『서정시학』신인상을 받으며 작품 활동 시작. 청소년 시집『우리 어멍은 해녀』와 공동 시집『시골시인-J』를 냈다. 2023년 박영근작품상 수상.

허은실

2010년『실천문학』신인상을 통해 등단했다. 시집으로『나는 잠깐 설웁다』『회복기』등이 있고,『그날 당신이 내게 말을 걸어서』등의 산문집이 있다. 제8회 김구용시문학상을 수상.

황규관

전태일문학상을 받고 작품 활동 시작. 시집으로『패배는 나의 힘』『정오가 온다』『이번 차는 그냥 보내자』등이 있고, 최근에 김수영을 읽고 쓴『사랑에 미쳐 날뛸 날이 올 거다』를 펴냄.